椰风海韵中的民族

陈朝锴 ◎ 著

SPM 南方传媒 广东人民出版社
·广州·

图书在版编目（CIP）数据

椰风海韵中的民族/陈朝锴著.—广州：广东人民出版社，2024.1
ISBN 978-7-218-16617-9

Ⅰ.①椰… Ⅱ.①陈… Ⅲ.①诗词—作品集—中国—当代 Ⅳ.①I227

中国国家版本馆CIP数据核字(2023)第100877号

YE FENG HAI YUN ZHONG DE MIN ZU
椰风海韵中的民族

陈朝锴 著

版权所有 翻印必究

出 版 人：肖风华

责任编辑：李力夫
责任技编：吴彦斌　周星奎
装帧设计：大奥文化

出版发行：	广东人民出版社
地　　址：	广东省广州市越秀区大沙头四马路10号（邮政编码：510199）
电　　话：	（020）85716809（总编室）
传　　真：	（020）83289585
网　　址：	http://www.gdpph.com
印　　刷：	北京建宏印刷有限公司
开　　本：	880mm×1230mm　1/32
印　　张：	6.5　字　数：43千
版　　次：	2024年1月第1版
印　　次：	2024年1月第1次印刷
定　　价：	68.00元

如发现印装质量问题，影响阅读，请与出版社（020-85716849）联系调换。
售书热线：（020）87716172

草根逐梦
——诗集《椰风海韵中的民族》代序

陈朝锴

我九岁才入学,在公社的中心校,完全小学,有预备班,没有六年级。我是从一年级读起,课本和预备班的完全一致,只是他们年纪稍小,一年后还得从一年级读起,读完五年级就毕业了。我与生俱来体质孱弱,医院给学校出示证明:不宜参加体育课和劳动。

我喜欢去学校路上的小水坝、小溪、小河钓鱼捕虾,也常去看驻场办政治辅导员抄写语录、标语,制作各种报表。在学校,我最乐意躲进跟办公室仅一墙之隔的阅览室看图识字。那里没有多少藏书,人们的精神生活和物质生活一样匮乏,不足三百本的连环画,俗称"小人书""公仔画",成为我的启蒙读物,激发了我的阅读兴趣。

阅览室里究竟有多少书画报刊,从一年级到五年级,我自己读过哪些,随着光阴的流逝,许多细节和过程逐渐淡忘了,只记得那间质朴无华的红砖青瓦的房间,给我体弱多病的小学时代,带来了美好的遐想和诸多乐趣。作文课上,老师把我的句子、段落、作文当作范文释读和讲评,给了我自豪感和自信心,总能促使我去写。

四年级的时候,学校来了一位男数学老师,叫尤国鸿,是文昌人,他与众不同,虽是教数学,却在每天下午第三节活动课上,召集同学们回到教室听他讲故事。他讲的故事就像广播电台的《故事会》节目一样,一天一个内容,讲过《岳飞传》《杨家将》。后来,他还讲《水浒传》中的精彩章节,从鲁提辖拳打镇关西讲起,黑板刷一拍,当惊堂木。他口才好,声情并茂,故事讲得生动精彩。他告诉大家,公仔画《智取威虎山》出自长篇小说《林海雪原》,《保尔·柯察金》出自世界名著《钢铁是怎样炼成的》,梁山好汉的故事来自中国古典章回小说《水浒传》,《铁道游击队》《青春歌》都出自长篇小说,他让我们有机会就找来原著读一读,对我们会有帮助。尤老师的故事课,使我对文学产生了向往之情。

初一的语文课,是刚从广东省民族学院毕业的王平(笔名白帆)老师教的,他是黎族较早一代的作家之一。他上作文课,循序渐进,训练学生的写作基本功,从阅读到积累,从观察到想象,再到构思,引导学生积极积累与思索,练习仿写和创作。王平老师指导学生写作,让我了解了一些写作的基础知识,也使我产生"我要写"的冲动。王平老师是激发我进行文学创作的启蒙老师。

此后,我不断阅读《花城》《黄河》《春风》《啄木鸟》《十月》《当代》等文学杂志,以及各种小说选本和电影文学,不看诗歌、散文、报告文学。那时,一心只想通过阅读汲取养分,提高写作水平,总希望有一天也能写出洋洋洒洒的惊世长篇,或一部流传于世的电影剧本。

我读高中的时候是在王平老师所在的学校,虽然得不到他的亲身教授,但也总有机会拿一些习作请他点评。1986年和1987年,他两次带我去参加琼岛青年文学社创作交流座谈会和全国文学社联谊会,不仅让我有机会结识全国各地的一些文朋诗友,还有机会零距离认识东寨港红树林、珍稀鸟类，在西海岸认识了水上体育比赛项目，拜谒了五公祠，登上海口最高处——海拔222.8米的火山口，见到动物园里凶猛的黑熊、温驯的梅花鹿、机灵的孔雀。那两次文学活动之后，我才逐步养成看诗歌、散文、评论的兴趣，和全国各地的文朋诗友互相勉励，共同进步。1988年建省后，遇见"海南农垦四大才女"之一的余仕英女士，在她的倡议下，在南茂农场宣传科科长谭新光和已经调到县文化馆工作的王平老师的指导下，我和余仕英女士创办了"山笋文学社"。1990年由于诸多因素，文学社解散。三年内，誊刻出版油印内刊《山笋》共15期，印量每期少则三十份，多则六七十份，寄给全省各地的作者。在办《山笋》期间，我的写作水平也提高了不少。停刊之后，我在省内外各级刊物和广播电台，发表了百余篇作品，得到前辈的赞誉："琼岛青年文学的风骨和精神犹存。"我倍感自豪和荣耀。

　　希望是丰满的，现实是骨感的。命运常常会带给你不可预知的意外，这里面有太多不可控的因素。王平老师在我读初二时就被调到县城，我却患上严重的风湿关节炎，父亲频繁地背着我四处求医问药，经常请长假或休学，读不了多少书，数理化和英语更是被耽误了。后来我的病情终于得到控制，却落下了后遗症，手指和脚趾时不时地、无征兆地抽筋，有时拿物件也会突然痉挛，行走困难，拿不稳筷子，握不住笔杆，有时打哈欠下巴也会歪斜，疼痛万分。长期的病痛摧残，身心被啃噬，骨瘦如柴，走起路来飘飘浮浮，过早地老态龙钟。在许多场合吃饭，我少夹菜，少喝汤，少喝茶，也少喝酒，正是因为手会抖动的原因。

　　记得2015年7月，郑朝能带我去琼中认识广东技术师范学院教授、作家郭小东和王海老师,酒桌上我想敬酒,却因为手抖的原因,端不稳酒杯,只能呆坐着。王海老师不知情,开玩笑地对我说:"等你的酒,等到花儿都谢了。"我很尴尬。出于对王海老师的尊敬,我双手抖动着,端起酒杯回敬……

1992年,我因身体原因,从茂名返乡,相继有三位至亲离世,一位是无病无痛的父亲,一位是当兵四年、军体拳舞得虎虎生风的小舅,一位是居无定所的外婆。我的心是悲苦的。

1994年9月,我被乡学区聘为代课老师,1999年却因无师资资格证(师范类毕业)而被解聘。五年的教学生涯,我作过"爱生敬岗尊师重教"全县巡回演讲报告,被评为"师德标兵""先进教育工作者"。失岗后,帮别人写教案、工作计划、工作总结、学习体会和思想认识,还写述职报告、领养申请、产业过续书、财产分割书等,虽然勉为其难,但在获得微薄报酬的同时,也提升了我的写作能力和思想水平。

2020年,我因为胃糜烂、重症贫血、心肌衰弱、关节抽搐等疾病,住进了医院。出院后我重新回到生活中,因为涂抹一些药水,浑身散发出一股药味,常常令人避而远之,好像我们中间有一种隔阂,使我的孤独感和自卑感愈加地深了。岁月悠悠,梦也悠悠,我真的好困惑。

生活是苦难和快乐的结合体。看路遥的《人生》,主人公高加林命运多舛,我看到自己的影子,有共鸣。我已心力交瘁,脑子不灵光,手指不听使唤,我试图在阅读中寻找心灵上的某种安慰,遮盖自己的苦楚。我不会使用微信,不会上网写作或发作品,只好用老办法,费时费力费神地握笔写诗文。投稿也不方便。写作于我是一种艰难的事情了,我几乎放弃了写作。写作真是一种苦差事,如苦行僧的修炼。

愧疚和自怜涌上心头。每个人的心灵深处都留有一块属于自己的"自留地",在那里种植泪水、屈辱、孤独、自卑和无助,日复一日,越长越茂密,郁闷于心。我已然不能工作,没有了经济来源,我自然而然卑微地、屈辱地、孤寂地裸露于阳光之下,总觉得被人讥笑、嘲讽、蔑视,甚至是幸灾乐祸。静思量,人活着,很多时候是委曲求全的。数年来,我为了生存,四处漂泊打短工,然后看医求药,期间便写一写诗歌和散文。但是,我那寥寥无几的诗歌,质量平平,幸而成此薄薄的一册,在文友面前,我该怎样评判自己,这使我心生忐忑。自序写什么,说什么?似乎没什么好说的,毕竟没什么惊世骇俗的成绩,就只好东拉西扯一些关于自己的往事,聊以自慰吧!

我曾经说过,我是草根诗人、农民诗人,对于在文学创作上的坚持,可以说是"草根逐梦"。好了,我竟然也迎来了写作的春天了!对我来说,这是一件幸运的事情!2023年保亭县文联和县作协要推出一套文学丛书,叫《保亭作家文丛》,其中安排了我一部个人诗集,就是这本《椰风海韵中的民族》。我知道,这是组织对我的照顾,也是对我的奖励,当然也会是我跋涉于文学园地的一个明证。

2023年2月

目录 CONTENTS

序言

草根逐梦——诗集《椰风海韵中的民族》代序

第一辑 心灵之歌

2/自勉
4/自画像
5/农民诗人
7/草根诗人
10/不惑之年的生活
13/瓜棚独饮,对谁而歌
16/局外人
18/在陌生的城市里

第二辑 亲情之歌

22/流逝的时光
24/老去的母亲
26/一口枯井
28/生活
30/槟榔树下的家园
31/躲雨,在芭蕉树下
33/呵,那片花生坡地
36/呵,英年早逝的父亲
39/想起父亲

第三辑 乡情之歌

44/农场新居

46/秋收的傍晚

47/"革命菜"

48/山薯

50/冬雾

52/三月里,盼着荔枝快挂红

54/乡村晚炊

55/采摘荔枝的时候

57/卖"三月红"荔枝的少女

58/山溪螺

61/燕子,保城河上的精灵

63/在这片土地上

65/风情

66/龙骨花

68/农历五月五日

69/中秋月

71/走进什慢村

73/山峦

74/秋日

77/七夕,美好的祝福

78/家园

82/山村拾趣

84/村口的一棵树

86/致一棵凤凰树

88/一点红

89/木棉花

91/小温泉

第三辑 乡情之歌

92/酒歌

94/五月是一支歌

96/昨日清清的溪流

100/我在一个园子里认识了红毛丹

104/岁月留痕

107/啊,我的父老乡亲

110/重遇七仙岭(组诗)

116/山寨即景

118/久久不见久久见

第四辑 生命之歌

122/那一天

124/五月的岸

126/曾经

127/读席慕蓉的诗

129/读信

130/日与星

131/征婚情愫

133/BP机:移动的数字或地址

135/励志人生——听广播讲残疾人的故事

137/夏日

138/如花的阳光

140/白鹭飞来

141/候鸟

144/戏说枪手

147/登七仙岭的北方女人

149/景物三题

第四辑 生命之歌

152/写信在月夜

155/借一袭飞天的羽裳

156/向山顶再跨上一步

158/和谐

161/这支歌在飞扬

163/在奇楠沉香小树边

165/风缘,田边一棵木棉树

167/寻思,一棵枯死的椰子树

169/车前草

171/雨后即景

173/致一位叫寒霜的女孩

175/你好！屋檐下的精灵

178/手机 2020

181/失眠之夜

第五辑 一首长诗

184/椰风海韵中的民族

第一辑
心灵之歌

DIYIJI XINLING ZHI GE

自勉

生活以苦难

容纳了一块

简陋的石头

他将不会拒绝

风雨对他的磨炼

自画像

如果,某一天,阳光普照

在水泥公路的拐弯处

或上陡坡的半腰上

你被公交车的喇叭声惊醒

从玻璃车窗内偶尔瞥见

一个瘦弱的男人,戴着一顶

草原人习常戴的瓜皮帽

推着一辆车身已无光泽的自行车

破旧的样子,除了铃铛不响,全身上下都在响

他步履蹒跚,却在奋力前行

瘦弱的男人履历里,民族是:黎族

他在黎乡的田野里耕作四季

追求发光的时节,摒弃暗流的凋萎

在朝霞里,在夕阳下

如若交缘,真诚言对

你会认识,一个乐于写分行文字的寡言之人

同属于那个不屈的民族

农民诗人

老水牛和犁铧

已无法抒写心中的激情

他一个冷峻的耕作人

拿起了久违的笔

他把"三月红"的醇甜

农家番薯粥的芳香

文明生态村的朝气

和"七月七"里爽朗的笑声

描绘在方格纸上

酿成诗

他的诗

从泥土里长出来

从瓜蔓上结出来

从乡村的狗叫声吠出来

从椰树上垂下来

从槟榔园里透出来

带着青菜鲜嫩的气息

他并不奢望都得到发表

但是县里的内刊

将他的诗登载了

于是他的名字

伴着他的诗

在乡亲们口中

嚼成了红红的槟榔

草根诗人

一

他们不是红花,不是绿叶

是一簇迎风接雨的小草哟

他们热爱生命,坚韧地生活

热爱日月星辰,耕作青山绿水

他们期待扎实

在广袤的原野

在山沟峡谷边

在槟榔杧果园

在龙眼荔枝下

菁菁柔弱的样子

聆听蓝天白云

聆听布谷催春

聆听涓涓细流

聆听鸟虫呢喃

二

我是这一簇"草根"中的一丛

我写乾坤朗日,露珠滴翠

也写村烟袅绕,暮归老牛

还写山歌秋阳,燕衔春回

或许是生长我的土地先天营养不良

或许是我体弱呆钝的资质水土不服

我的诗,那一行行灼伤脑神经的文字

仅在县文化局的内刊上占一隅之地

横渡琼州海峡的,甚是凤毛麟角

这些文字的活动范围狭小,空间隘窄

田头边或大树底下,椰树荫凉处

矿泉水瓶做的水烟筒,掺和红红的槟榔汁

是这些草根文字互动心得及情趣的佐料

是悠哉?是哀哉?诗人也说不清

这种剪不断,理还乱的诗歌情结

很多时候,令诗人茶饭不香,辗转难眠

三

其实,草根诗人归根结底就是农民
他们的本质就是日出而作,日落而息
他们的诗歌发布发表,有没有读者市场
他们都不大记挂在心头,记在家庭清单
他们的草稿纸可以替代卫生纸上茅厕
也可以当作孩子的飞机,带着梦想翱翔
可以哄哄孩子当作练习本,省了点零花钱
他们最惦记的是自家土地里的汗水结晶
"一卡通"上发表的数字能否刷出新增位
这是草根诗人和全家的幸福之梦想

草根诗人与农作物相伴相依,息息相关
农作物长虫生病,他们精心呵护
他们的诗有毛病,唯草根知春秋

不惑之年的生活

尴尬的低保生活

炒着地沟油和三级碘盐

锅中菜爆喷着恐怖

最惧怕,脆弱的眼睛

被油炸伤,失去生活的色彩

没有别的菜肴下锅时

偶尔也溜到店铺挑买鸡蛋

煎食饲料蛋的日子,黄白不接

松散在锅里的模样

恰似变质霉坏的南乳

各种媒体和视频温馨提示

一部分成品的酸菜、咸菜和干菜

总要稀里糊涂地秘藏着

添加剂的身影和踪迹

多一个心眼,是对自己身体的爱惜

手机里的垃圾短信

犹如瓶壶里剩余的药酒渣

我有时候舍不得处理掉

便倒些许药渣含在嘴里

酒和药的味道依然是生活的味道

垃圾短信可以当作饭后茶余的小品

给自己制造一丁点半干半湿的笑意

生活中的许多烦心和纠结

跟朋友互动一下,倒也像是

吐出了咽喉里的鱼骨头

舒畅、宽心和释然

生活滋润的朋友或亲戚

偶尔塞给我一两张

面值五十或百元的钞票

语重心长或嬉皮笑脸地说

人有缘结成兄弟姐妹亲朋好友

是天上落下的冰溶化一起的

要溶在人民币里也要溶在情感里

朋友搭在我肩上的手很有力道

我的眼眶里湿湿的

心头的酒精也挥发了三成

在他人的地盘上

我模仿他们

听他们的正能量

在我的地盘里

我做自己的主人

做自己的美梦

梦想过好每一天

瓜棚独饮,对谁而歌

瓜棚独饮,魂魄漫游在山谷间

山外的烟,是村人围炉之炊烟,还是

爆竹炸醒春梦的雾气

山鸡,猫头鹰的鸣叫,声声互应

山风很不单薄,田垄透着凄凉

飞机的轰鸣,在特定的航线上在星空中

隔三岔五地洒落

我雾色里看花般遐想

我却不是牛郎,七仙女也不会

从天而降

多样化灵动的鸟儿虫儿

栖息的方位神出鬼没,捉摸不透

不过,鸟儿的夜晚,鸟虫的白昼

都是诗,是歌,是画

瓜果的藤蔓在架子上纠缠不清

花开得总是那么光彩夺目

鸟儿吃什么虫子,都一样愉悦

鸟儿却永远不是山鹰的对手

寒冷的夜,酒是好朋友

一碗下肚,暖心窝,热血气

两碗喝光,想念山外的老母亲

三碗静底,与鬼拉歌,和神对话

看獠狗是沉默的朋友

趴在三石灶旁,寂静而虔诚

观看我山妖附体似的歌唱

狗儿的眼睛洞黑得深邃

朋友!你表达了什么异议吧

我对自己也疯了,能说话的朋友

在山谷外也醉了吗?此光景

山里没有春晚,没有祝福歌

没有歌舞升平,鞭炮也哑了声

人,都醉在瓜花的芳香里

猫头鹰躲在暗处洞察人间

夜的风味,不是蟋蟀在精品小屋的吟唱

萤火虫是幽灵的精气神

瓜寮独饮,我就是幽灵吧

对谁而歌? 狗儿朋友

只是摇尾伸舌

狗儿,下一季

该种朝天椒了吧

——我为火辣的田地而歌

局外人

在很多场合,我不善言语

或坐,或立,或东张西望

都很默然。缩手缩脚

肢体语言很单调,机械地运动

在热闹的氛围中,我是没有知音的鸟

落单的鸟学不会一个招数

——主动与人搭讪,说一两句顺风顺水的客套话

学舌道一声:这天气真好,天空蓝得叫人落泪

这些不痛不痒的口水话茬儿

大脑储备着,口舌却不伶俐

我想到笼中之鸟

沉默了,就会被动让给人挑逗起来

这时候,我也如鸟一样欢乐

聚会碰杯的时刻,该有多美

我的手机响了,是4G手机

从裤兜里掏出。口袋里装着风

上了卫生间,臭味隐约

人声隐约。我是局外人

在陌生的城市里

钢筋水泥的森林密匝匝

攀比着长向蓝天白云

广告牌风情万种,窥视着

行人的诸多表情和举动

纵横交错的街巷,车水马龙

人走,车走,广告牌不走

来到一个陌生的城市

我轻易地迷失自己,街巷也迷失了我

迷离的阳光探索我的情商

来路在哪里?出路又在何方

真想做一个超人

一脚将街巷的森林

踢出一个豁口

寻找来去自由的路

在陌生的城市里

没有亲朋,没有谁知道你是谁

没有谁用最中国式的问候

问你:吃了吗？你呢

中国人说:路在脚下

其实路也在嘴上

这似乎是不可颠覆的箴言

我来自黎语区,一个山中的农人

跻身到一个陌生的城市

打捞和触摸生活的模样

我都问不出自己的人际关系

车和人在身边不停歇地穿梭时光

野山花换成了塑料花

——人在囧途

好想化身为一个超人呵

距光年之外

静观星云流动

第二辑 亲情之歌

DIERJI QIN QING ZHI GE

流逝的时光

从新娘到垂垂老妇

母亲嚼槟榔已有几十个年头

吐出的槟榔汁越来越红

日子却越来越黯淡

母亲在麻雀的叽叽声中步入甲子

她的名字烙在一张卡上

算算也有几个年头了

那是挂着养老金牌的粮仓

母亲节俭,精打细算

那粮仓里的粮食还是快速减少

比药瓶的点滴速度快过百倍

而更快变化的是苍老的容颜

和一天天变白的一头黑发

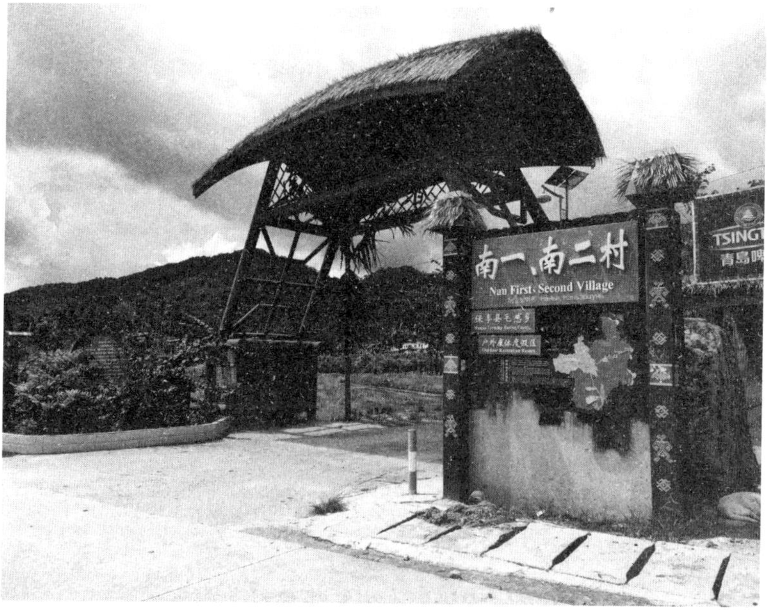
南一、南二村
Nan First、Second Village
保亭县毛感乡
户外康体度假区

老去的母亲

母亲已织不动筒裙和黎锦

纺丝的色彩牵不住一只鸟

自由的鸟,飞在她的记忆里

奇花异卉只在她的藤篮中绽放

偶有闲情,哼出的民歌

也如破损的葫芦丝走调的声音

母亲是没有时间观念的

每天忙碌在灶台边

熬煮日子这味药

在水井旁洗涮生活

当晾晒完琐碎的家事心事之后

她摘下假牙清洗

一如清洗岁月的污垢

母亲真的嚼不烂鸡的翅膀

子女当中却有的翅膀越来越硬

他们的翅膀逐渐展开

母亲的话是一阵山风

嗖嗖地,给予飞翔的力量

母亲的白发又多添了几根

子女各自为灶

母亲操心太多

孱弱的双肩承担不住

山一样沉的担子

一口枯井

母亲是一个不幸的女人

她却埋怨自己是不祥之妇

那一年,没有台风登陆

她的丈夫、胞弟和老母亲

三位至亲至爱

就在风和日丽里走了

走了,就找不到回来的路

想起这些,母亲就说

心头上扎着织锦竹签和发钗

她的泪滴如散落的槟榔花

纷纷撒满潮湿的田垄

二十二年啊,孤寂无依

母亲的眼眶凹成一口枯井

早晨的曦光下

落日的余晖里

老母鸡带着一群鸡崽

追着母亲从厨房到水井

来来回回,只为讨食一把米

母亲总是跟它们呢呢喃喃

说些什么话,我听不懂

但能理解……

现在我家那口枯井

带着两个生锈的滑轮

却早已没了提水的绳索

生活

沙发是我的依靠

慢条斯理地喝着酒

"三椰春"的酒劲太霸道

我的脸面好像

被人左右开弓

我仰坐在火辣中

难以固定一种方式

电视的荧屏上

帅哥美女们在高歌

他们的星光大道

我看着画面喜气的景象

晃一下光,拍出右手

瞟墙上红唇白齿的美女

骂一声:蚊子真他妈的嗜血

口干时,抓起茶几上

一个咸鸭蛋

机械地,从上而下

一片碎壳,一片碎壳

剥落。咸蛋嚼在口中

是啥滋味,舌尖都钝了

仰头看,房屋在游走

低头看,地板在浮动

老妈一脚踹开房门

怒道:你就这样享受生活?

日子如白驹过隙

生活尘埃无法落定

槟榔树下的家园

厨房里,母亲温婉的民谣,弹响

锅碗瓢盆的协奏曲

鸟儿们成群结队地歌唱

唱翻了整个庭院,炊烟暖暖

围墙只是流浪狗和游猪的卡站

小鸟出入自由自在,围墙形同客栈

晒谷地板,树梢,墙头,房顶上

小鸟的生命,俊俏洒脱

这一切都很自然,安详,和谐,温馨

母亲幸福生活的大部分

在这槟榔树下的家园

历经风吹雨打,遗留一些怀想

一勺一勺的日子,一勺一勺的余晖

母亲都舀起,泼在这庭院里

晨光洒在围墙之上

母亲青白参半的头发,飘扬沧桑之美

墙那边的幼儿园,太阳花

三角梅,鲜艳而向上

躲雨,在芭蕉树下

这场雨来得有点莫名其妙

该快点停歇了吧,雨儿

芭蕉叶,都已支离破碎

成了条状。雨滴沉重

我的母亲,孱弱的身子

湿透了,在雨水中发抖

我恨自己没有宽阔的臂膀

为沧桑的母亲遮风挡雨

其实,母亲也在为湿漉漉的我

心痛。我们母子俩

蜷缩在芭蕉树底下

芭蕉叶有没有兴风作浪

我们都听得一清二楚

听得心神不安

而你,还在摇曳生命的色彩

绿绿的残体下,我们母子俩

躲避这场来得

不是时节的雨的打击

芭蕉树哟,天空放晴的时候
我们母子俩回来给你的根部
施放一些肥料,哪怕是
一桶不是很好的土杂肥
那也是我们的一片心意
我们的一次感恩

躲雨,在芭蕉树底下
我们感觉到,血
在彼此的身心里流淌
感受亲情的美好

呵,那片花生坡地

那年,满山坡的花生

落地生根,结果

父亲就在花生坡地旁边

入土为安。这片山坡

父亲曾经丈量过它的面积

二十米长的卷尺

父亲纵横都按着"0"字头

长和宽,都有证人在谈数字

在场的证人是领导和职工代表

如今,父亲就躺在

花生坡地旁的一隅

一米八二的父亲,躺在一米九〇的棺木里

不是量身定做,是农场按制度

给钱置办的。不盖棺论功

坟边,场长念了三张信笺的悼词

献上一个大花圈,点燃一挂一万响的鞭炮

父亲的一生就画上句号

这一年,山坡上的花生长势喜人

职工们在集体的土地上

分配花生,领导也有份

父亲在农场当了几十年的会计和出纳

农场里清晰的、糊涂的账目明细

人世间的纠结和宽容实属无奈

相信,父亲在九泉之下

已用算盘,打着珠算口诀

——结账。相信

地下的牛鬼蛇神也在点头

——做证

星移斗转,农场破产,工人失业

他们在山坡地上插竹圈界

私人的楚河汉界成了槟榔园

各自打理各自的聚宝盆

岁月如燃烧的秸秆、花生壳

山坡烟雾渺渺,农药味很呛

花生已不再飘香

呵,英年早逝的父亲

我写过母亲的几首小诗和散文

散见于各级刊物报端

并在某些场所展出

至于父亲,我只写过他的党证和枪证

小诗一首,在县级文艺刊物

父亲高小一毕业就步入

口号声震天响的年代

父亲的高小文化有多高

他不知,他只知道做人要有善心和良知

他搭不上走南闯北的"红色"专列

留守信用社的几间瓦房

和一些椅子,办公桌以及几个大立柜

后来,他索性把这心惊胆战的日子

锁入办公桌抽屉,锁入大立柜

锁上营业厅大门,回到故里

挣工分,上山狩猎,下水摸鱼

想起父亲

想起父亲

我就想起他曾经

拥有的那支老铳

父亲的秉性就像

那枪膛里射出的弹丸

直来直去

因此,父亲说

做人不要多心眼

做人要有目标

在他管理几百号人钱财的时光里

哗啦啦的钞票

从他手中流过

却没有一张能拐弯抹角

进到自己的衣兜里

因此,领导和职工们都说

父亲的品性就如他的党证和持枪证

有棱有角

方方正正

想起父亲

我就想起孤独几十年的母亲

父亲与母亲结合

和众多的黎族夫妇一样

自由恋爱结婚

他们的婚姻和家庭生活

说不上是美满也说不上不幸

他们互相体贴也互相揭短

他们的争吵斗嘴

多是为油盐酱醋、子女上学

他们就这样

吵了二十几年

好了二十几年

母亲送走父亲时

是黑发人送黑发人

之后,母亲的日子

在一夜之间

白发丝丝缕缕

透过她那瘦削却硬朗的生命

葱郁着我们的岁月

葱郁着我们的手足之情,血肉之情

想起父亲

我就想起了

一首深情的歌

歌中有子女的爱

也有父亲的爱

这些,红歌星懂你

我一样——《懂你》

父亲啊,亲爱的父亲

愿您在天堂里

美满,幸福

第三辑 乡情之歌

DISANJI XIANG QING ZHI GE

农场新居[①]

农场人搬进新居不算大事
他们不明白城市人
为了房子伤脑筋是什么原因
农场人喜欢把新居
建在胶林旁边
让阳光把胶林的
墨绿印到墙上
把窗口向着北方
听鸡叫头一巡

新居的一角总放着胶桶
扁担竖起农场人的性格
上头的墙壁上,也挂着胶篓、胶灯
——这些农场人一生
都离不开的东西
新居沿着胶林小道
走向黎明

---

① 本诗于1991年12月7日发表于《海南日报》。

"革命菜"

在艰苦的岁月里

"革命菜"喂壮了

革命者的筋骨和头颅

我童年的"金鸡"彩釉碗

总是少不了"革命菜"

"革命菜"与番薯叶

充饥和丰盈我的童年

"革命菜"煮香了咸鱼汁

也增值了鲜鱼猪血汤的营养

一日三餐六碗番薯粥

喂实了我这个饥瘦体弱的农民之子

挺过一个又一个春夏秋冬

如今,你这土里土气的野菜

打出了品牌,漂洋过海

芬芳着五星级的雅座包厢

山薯

你安身立命在恶劣的环境间

貌不惊人,甚至俗气

在医药书籍上,你的名声却很好

你献身于砂锅煲成良药

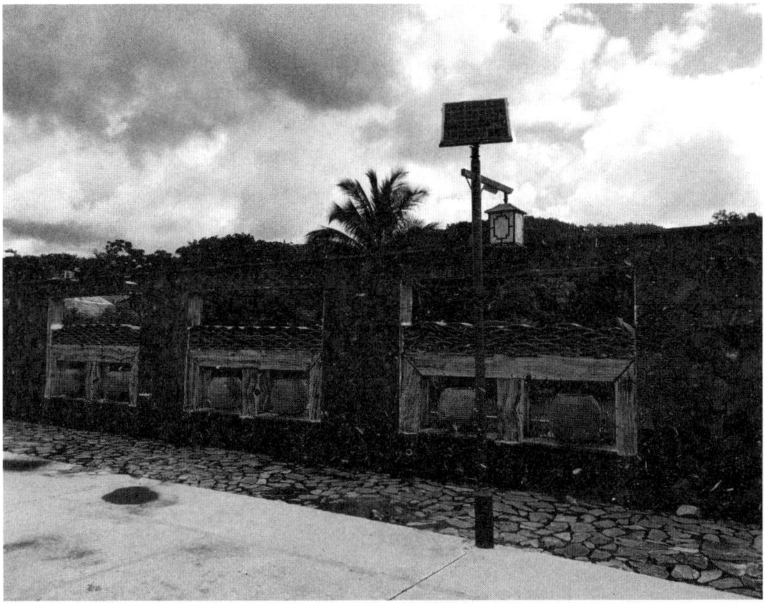

冬雾

乡亲们越来越懒得耕作农田

说话拗口饶舌的人越来越多

他们在家附近的田洋上

搭起一屋连一屋的大棚

白色的薄膜，登高眺望

像北方皑皑的雪飘落此地

"菜篮子"基地拒绝雪

早晨的雾很浓，有些呛鼻

渲染着小寒到大寒的节气

北方人却说，他们故乡的雾霾

红灯绿灯都通吃了

公交车司机常常迷失自己

车拆护栏人折骨

是新闻视频最可怖的画面

颗粒物也在空中自由漫步

海南的雾是小巫，碰不起

北方的雾,那可是大巫

北方人居住的二层楼高的板房

是一个炊烟按时弥漫的村庄

村庄在雾色中,若隐若现

最具有标志性的玉兰竹尾叶

有些许摇摆着冬雾的景致

雾气游走,许多影像

朦胧,朦胧,又朦胧

周边有狗吠、人语、笑声

棚里抽水机、喷药机

环保的低音

穿越白膜,穿越冬雾

升腾起种菜人的梦

挨着白膜往棚里看

架上架下,瓜菜在滴油

三月里,盼着荔枝快挂红

荔枝不在三月里成熟,三月

你的来到,意义又是什么

三月里没有特别喜庆的日子

妇女节也被母亲的担子挑到了山上

她不给家里准备什么

橱柜里,依旧盛有醉肉和咸鱼

灶台上,永远是一样的油盐酱醋

似乎告诉我们

淡淡的生活也是汗水换来

不是吗?屋梁上的吊扇

悠悠地,旋转着一个清丽的家园

三月啊

你在山坡上漫步,捞到

一个农民的心事是什么

三月没有来到的时候

盼着三月的来到

走进三月以后,才知道

三月里有红也有绿,是一个

叫人欣喜又叫人惆怅的月份

也许,这一切都是荔枝惹的祸

荔枝,你不再只是秋的果实

一个独占四季芬芳的花魁

进入了三月

荔枝唱了重头戏

啊,保亭荔枝"三月红"

乡村晚炊

夕阳,烧沸了乡村

归巢的家禽牲畜,嬉斗争食之声

热热闹闹,在乡亲们的

笑容里,此起彼伏

微波炉、电磁炉、光波炉

这些电子厨具,科学技术的产品

煮出了乡村的芳香

朋友啊,来到便是客

这里的一山一水欢迎你

喝一碗这甘醇的醅酒

品尝这酸酸的鱼茶肉茶

还有那肥嫩脆美的鹅肉

乡村的月会更洁净

采摘荔枝的时候

采摘荔枝的时候

就在保亭天蓝地碧的三月里

我们黎家的情人节也挂在荔枝上

甜蜜地飘舞

成群结队的白鹭惜别了山谷

它们的飞离,告诉了我

北国已是春暖花开了

目送这些季节的精灵

我走进七仙岭脚下的荔枝园

踏在编织民歌和黎锦的土地上

乐悠悠地哼着一些音符

没有人知道,哪些音符

是纯粹的民歌,哪些是

流行歌曲,又多情地悸动

只有翱翔的山鹰在上空和唱着

我要去选择枝头上的荔枝果

好的送给美好的生活

送给灿烂的阳光

孬的留给自己

留给自己一个种植经验

面对荔枝,我是多么幸福和激越

不知道,有哪一支歌

能在我的血液中唱响唱红

"三月红"的洁白果肉和灵魂

不知道,有哪一首诗

是不是还在诗人的打印机上

酝酿或润色着

反正今儿个也是枝头沉甸甸

所有的希望都如山花一样烂漫

所有的惬意都如满园的红艳景色

摘着一串串的荔枝

红红的日子早早捧在手中

卖"三月红"荔枝的少女

你摊开荔枝

像摊开一片鲜艳的花地

"三月三"的色泽

折射出青春风姿

"象牙""台农"杧果的王牌

"储良""石头"龙眼的极品

还有那硕大的椰子和菠萝……

这些琳琅满目的热带水果

飘着各自特别色彩的旗帜

于是在水果街斑斓的世界里

"三月红"荔枝

诞生了一个青春的流派

卖"三月红"荔枝的少女

正值妙龄十七

山溪螺

想你啊,故乡山溪的精灵

想你点缀山溪的碧绿

想你雕饰鹅卵石光滑的身躯

想你的淡泊、与世无争

小时候,我住在稻香阵阵的小溪边

经常小心翼翼地捉你,从山溪的温床

放进我的竹篓。有时候

伴着一缕浅浅的期冀,我的内疚

和歉意在山溪里蔓延

要不是人们的一时私欲

你还会不断繁衍,继续你的阅历

你还会给山溪演奏绵绵不绝的

美妙和谐的乐曲

因为你的渺小和默默无闻

你曾被人蔑视,视作无所作为的

山物。鲜鱼红虾前你占不了位置

美肉甜汤前也没有一席之地

山珍海味前人们更加对你置之不理

价值何在——你的美味

只有黎乡人尝到

你不应只是山里人餐桌上的陪酒食

你应该登上高雅的满汉全席

像海里原本廉价的青蟹

而今变得高贵起来

当越来越多的人

品尝到你的滋味

呀,人们才知道故乡的水甜

故乡的米香,才想起故乡

那条青绿的小溪,那片暖暖的土地

你的美味终于被世人所知

你在幽静的山溪里过着

清逸的生活,在落叶的遮掩里

你小小的身躯慢慢藏进

石头的缝隙,仿佛时刻等待着贡献

待到春天来临,黎乡的子民

都受你馈赠,那才是伟大的功绩

——牺牲自己,成全他人!

燕子,保城河上的精灵

东岸一幢楼,西岸一幢楼

中间是缓缓向东的保城河水

而,这缓缓的河水中

莲花流动的样子很美

沿河两岸的钢管栅栏

守护着行人的安全

在两幢并立的大楼上

每个房间的窗户里,灯光通明

两岸的华表及绿化带上

色彩斑斓的饰灯变幻无穷

把沿岸花草的多姿多彩

映照在静静的河面上

六条又黑又粗的电线光缆

齐刷刷地贯穿河面

沁人心脾的晚风中

无数的燕子在光缆上

宣扬着游人百思不解的问题

(燕子哟,你这春天的使者怎么一下子就拢在一起)

游人,灯光,花草,河水,车辆

构成了保城河畔的美好与和谐

洒脱的燕子用灵巧的身姿

点缀着星空、河面、楼宇

点缀着流动的浮水莲

让岸边你来我往的红男绿女

赏心悦目,流连忘返

我和朋友没有精良的摄影器材

无法把这时美妙与和谐的景致

留下,带回家中做个永久性的回味

只能在心中,感谢那两幢大楼

灯光通明指向燕子的大楼

感谢那六条横架河面

粗而黑的光缆,和灵巧的燕子们

给行人带来了欢乐和安详

给保城带来了灵气和运气

燕子,保城河上的精灵

若有缘,下次再会

在这片土地上

就坐在这张简陋木板桌边

就这样喝呀唱呀真爽快

布谷鸟的叫声在山坳里张扬

和着我们的歌声在一起催春

我们是山里的汉子

一群大碗大碗地喝酒

豪声豪气吼歌的人儿

我们的歌回荡在山坳里

我们的酒漫向自己的心窝

所有的脉管

涌动着血潮

酒,放逐了苍茫

歌,放逐了荒凉

需要一些日子

需要付出一些汗和泪

甚至是宝贵的血和肉

这苍茫和荒凉的山坡

将在我们这群

米酒喂大的汉子手里

一块,一块地

坦露她那博大的胸膛

真的到了拓出

另一番天地的时候

请不必担心

挂满枝头的荔枝和龙眼

碰伤你额颅

不必担心什么

来,是一条汉子

就请喝我们黎家酿的米酒

就请学唱我们这粗犷的《敬酒歌》

——捧起酒碗通通请

通通请,弟与兄

厚厚是情薄薄是礼

敬酒一碗表心情

我们劳动,我们唱歌喝酒

在这片最野性的土地上

风情

槟榔树是一种性格
柔柔的风吹起
叶子,摇曳黎寨的风情

麻雀衔着民歌归巢了
夕阳,黎裙一样鲜艳
槟榔花,屏开如情人的笑靥
猫头鹰的叫声吓得村童
早早地钻入被窝
夜色渐渐接着椭圆的梦

星光闪烁,黎寨的边缘
那隐隐约约的身影
勾画着放寮②的黎哥黎妹
嚼着槟榔,就是嚼着爱情
他们醉了一夜,芬芳了一夜
蟋蟀的歌声,他们也
听了一夜

---

② 放寮,黎族方言,意思是男青年夜间在女方闺房里谈情说爱。

龙骨花

乡亲们口中的龙骨

不是恐龙的骨头

恐龙是灭绝踪迹的亘古动物

它,富有张力的横冲直撞

张牙舞爪的形象

十分凶残、好斗、恐怖

乡亲们口中的龙骨

是一种貌似仙人掌的植物

长着尖锐短刺的蔓生绿色植物

生机勃勃地匍匐在墙头

匍匐在常青的大树上

向着星辰日月

自由自在地伸展着棱形茎枝

山鸡鸣叫得最欢的时节

棱形的茎枝上哗哗地

蹦出了银装、素洁的果花

乡亲们都备有长长的竹竿和锋利的镰刀

采摘龙骨花,是这时节

最值得回味的事情

舌尖上的龙骨花鲜鱼汤

酸酸的,黏黏的菜花和鱼肉

蘸着本土酿的酒糟

酒醉,人也饱

这道龙骨花鲜鱼汤的菜肴

是乡亲们接人待客的升级版

龙骨不是龙的骨头

是常青的蔓生植物

是民间接骨良方的药引

夏季清补凉之佳品

农历五月五日

农历的五月五日

人群和石榴花

挨挨挤挤

阳光都被挤到

江河湖海边

岸上,水面上

鼓声大作

神龙在水中

翻腾吟啸

而,一团裹着香料的糯米

在这火辣辣的日子里打开

那粽叶却包着

哀思和深情

中秋月

中秋月是乡愁

乡愁就是想起

故乡的父老乡亲,想起

篱笆墙里时断时续的

看家狗的吠声,声声入耳

皑皑明月挂当空,是镜子

照着那些已逝去的亲人

如一口废井,愣在村边

乡愁就是中秋月

背井离乡,是为了

寻找新的活水源头

故乡潺潺的流水,流在心田

猫头鹰的叫声

凄厉哀婉而直入人心

中秋月是怎样的

握着手机望夜空

中秋月在跳动

彩云追赶着乡愁

乡愁在荧屏上定格

走进什慢村

一座美丽的生态文明村

关于民宿、百香果、槟榔的话题

在什曼黎寨热唠着

实实在在的美感和宁静

七仙岭脚下的村落

竖起了省级文明美丽乡村的榜样

竖起了乡亲们的腰杆和风土人情

阳光照耀那些漂亮整洁的农舍

清悦的虫叫鸟鸣欢快地回荡在村寨

艳丽的花草在舍前屋后摇曳

大放光彩,两棵荔枝树

挺立阳光下,像抬头挺胸的村民

高大的树,比民宿更接近云天

在风的祷歌中,乡村展现幸福的日子

远远近近的笑容

在视频内,也在视频外

村边的大椿树下

飘着红丝带

那是村民们美好的心愿——

三叶草开在大地,长在蓝天

果香飘在三月的和风中

山峦

雨后的山峦

吐着袅袅的烟雾

彩虹落挂在半山腰

凤凰花开,艳艳地

火红了整个雨季

黎歌唱响山峦

山峦放牧了山民的幸福

雨后的山峦

槟榔树摇曳微风

绿了男人的头布

花了女人的筒裙

秋日

偶尔间的虫鸣,一声沉,一声浮

错觉就产生了,在树上,在草丛中

——是蝉的叫声吗

都白露了,秋分很近

不过,夏天的余热还在山坡上游走

口腔和鼻孔也遭遇逆袭,花草摇摆

热气吹进半裸露半隐蔽的鸟巢

小鸟安详地晒太阳,幸福地焐窝

气流清清爽爽,白云飘飘荡荡

风景铺在大地上,映入蓝天

母亲指着树上的槟榔

说:这一串大概有一簸箕

秤星,起码压在二十点以上

谁猜得最差,买五份陵水酸粉

笑声穿出铁丝网,回荡在杂草和灌木间

母亲身后的地瓜叶、萎叶、压草豆

缠绕在菠萝蜜树上,青绿色

菠萝蜜暗香流动

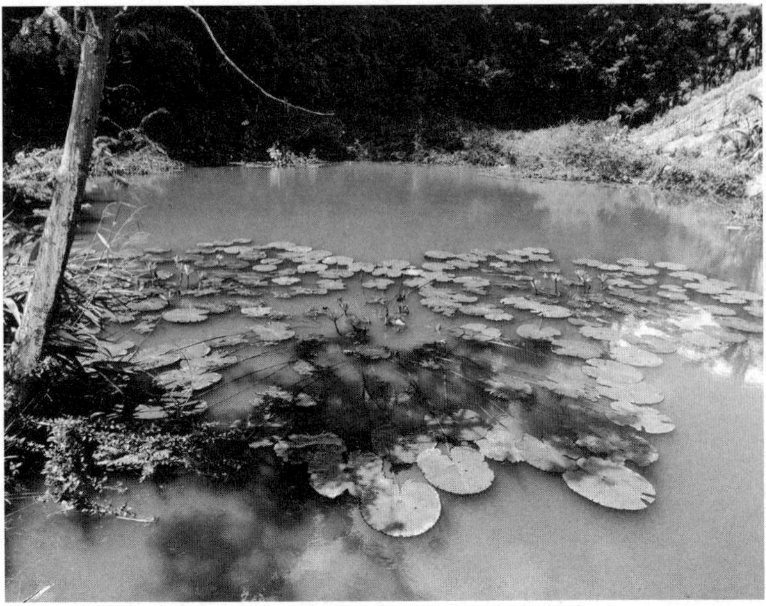

七夕，美好的祝福

"七夕"和"七七"是谐音吗

先不必考究了。七月七日

却是情人相会的日子

也是人们发出美好祝福的日子

一桶一盆一勺的祝福泼出

水枪射出的水柱带着欢乐、带着喜庆

击中的人，欢喜地接受别人的祝愿

广场上泼水，带星级的山寨版景色在泼水

泼着黎族苗族与兄弟民族团结的水花

泼着幸福，泼着安康，泼着吉祥

家园

一

挺拔的椰子树

婀娜的槟榔树

慢慢地在这里

长高,开花,结果

果实在这里一枚一枚地

任由精明的商贩挑选

然后,又一袋一袋地

把果实送出家园

送向大街小巷

喝成甜甜的岁月

嚼成红红的日子

其实,每次采摘果实的时候

家园

天空都是晴晴朗朗的

无风无雨,使人深信

椰子树,槟榔树

不畏风不惧雨

家园就是我们

躲避风雨的港湾

家中那口手摇式水井

水清澈香甜

亮丽着姐妹们的脸庞

壮实着兄弟们的体魄

感谢祖辈父辈们

传下了挖井的技能

年轻人也就固守和传承了

这种生存的基本原理

母亲老是唠叨着

在椰子树下筑一个猪窝

在槟榔树下搭一个鸡棚

好让鸡和猪把炊烟

闹得像个殷实人家的样子

家园里有老少三代

两只勇猛的看家狗

阳光温馨地照着

二

厨房里,母亲温婉的民谣,弹响

锅碗瓢盆的协奏曲

鸟儿们成群结队地歌唱

唱翻了整个庭院,炊烟暖暖

围墙只是流浪和游猪的卡站

小鸟出入自由自在,屋檐是安乐窝

围墙形同客栈,熙熙攘攘

晒谷地板,树梢,墙头,房顶上

小鸟的生命,俊俏洒脱

这一切都很自然,安详,和谐,温馨

母亲幸福生活的大部分

在槟榔树下的家园

历经风吹雨打,遗留一些怀想

一勺一勺的日子,一勺一勺的余晖

母亲都舀起,泼在庭院里

晨光洒铺围墙之上

母亲青白参半的头发,飘扬沧桑之美

墙那边的幼儿园,太阳花

三角梅,鲜艳而向上

歌声与微笑,游戏和恬静

守住一方纯真质朴的净土

那个世界比云都圣洁而多彩

山村拾趣

歌声峰回路转的山寨

搁浅在山脚下

绿绿的村庄

碧翠了一片苍穹,行风流云

山涧飞落的小瀑布

一路山水一路歌

山羊打架,山坡发情

山歌这边唱来,瀑布那边和

一个没有了门牙的慈祥老阿妈

在花草翻飞中蹒跚,山歌唱处

黎锦飘动,蜂蝶若隐若现

大力神图腾构架的民宿

村头村尾诙谐与夸张的画像

呈露了画者的思想和技巧

糯米甜酒,甘蔗酒,鱼茶酸肉和黎家况味

飞越蜿蜒的环山公路

缭绕在游人的口鼻间

勾起人的贪欲,随香而至

黎家老阿妈,慈祥如霞光,门牙空洞

吟着一首新编的《迎亲曲》,红山藤鞭响起

黑山羊和狗比跳山涧,摄影师捕捉灵感之花

开满村寨的田野,山山水水

门牙空洞的老阿妈,不唱空洞的词调

非遗传承人的歌声,醇香,余味悠长

小松鼠在画廊在枝头上尬舞

阳光从舒展的榕树叶间筛落

寄生的奇花异草

装饰着山村寨门的性格

重生的民歌,重生的村落

筒裙、头巾舞动盛开的三角梅

村口的路牌

站立着黎寨的腰杆

村口的一棵老树

村口的一棵老树,葱茏了半边村

树下,水牛黄牛,这里便是家园

牛们总是不慌不忙,悠闲自得

反刍着日出而作日落而息的风味

反刍着乡亲们旧的日子新的生活

艰辛的,收获的,幸福的,还有别的

牛的粪便里都散发着

屎甲壳虫拱来拱去

也有草籽趁机冒出新芽,尖尖的

一场强于一场的台风扫过

老树只是落了一地的叶子

折断了一些小指头那么大的树杈

粗枝壮杈依然在老树上

咀嚼岁月和季节的更替

老树盘根错节坐在村口

是乡亲们的一种精神归宿

他们在树底下谈天说地,讲农耕生活

择日问卦,建宅,嫁娶

祈求家人出入平安,无疾无痛

道公娘母谁也算不准老树的年龄

老树用树枝戳破雷声里的谎言

村口的老树

香火终年旺盛

致一棵凤凰树

细雨中,我拨弄湿漉漉的毛发

视野里,满树火红的花簇在发光

在高高的围墙里绽放,精神抖擞

向西的大部分已伸出墙外

墙外的沙池里,莲雾

垂挂枝叶下,硕果累累

我想象着晴天,日落的夕光里

西边的花簇更加妖艳

墙外的莲雾熠熠生辉

当下,淅淅沥沥的雨中

花簇别有风格

深刻和从容,甚至是柔柔软软的

一如主人柔柔软软的语音声调

一位八十多岁的老寡妇,慈祥而宽容

她的光荣岁月,燃烧过大报的头版头条

她光荣地出席了第九届全国人民代表大会

她从来都穿着黎族的织锦衣饰

叮叮当当的银质胸挂响在人民大会堂

荣幸地接受过党和国家领导人的接见

她的荣光也是乡亲们的荣光

凤凰树,满树火红

在围墙里独秀夏日

两层高的楼房里,一位老婆婆

慈祥地谈着星辰日月

一点红

蜜蜂和蝴蝶

飞旋着好天气

在你周身翩翩起舞

歌舞露珠的晶莹

歌舞天空的蔚蓝

歌舞大地的生机

黎家少女把纤纤细手

探进小灌木和草丛间

摸出山鹧鸪,鹌鹑蛋

你却在山坡上

尽情地撩逗微微轻风

轻风的亲吻和抚摸

你灯芯似的点点红花

一闪,一眨

黎家少女的4G手机

一闪,一光

木棉花

木棉花染红一个春天

春风是乡亲们的心

这殷红的色彩

深深地点缀着

黎寨的青山绿水

总不能忘却

这与心一样的颜色

今年回老家

我拾了一些木棉花

浓浓的乡情

牵着我一路走好

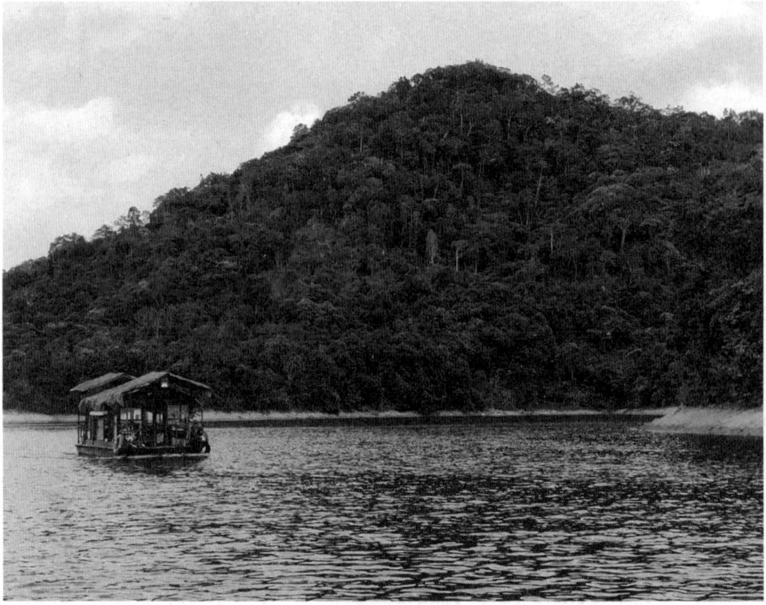

小温泉

小温泉

优雅地冒出

暖暖地,涓涓地流在小沟里

相见的时候

你在苗寨的绿色稻田边

给我送来了一捧惊喜

相处的时候

你从我的口唇流过

分别的时候

你在我心中流淌

带着七仙女的祝福

说一声后会有期

酒歌

就如绿叶衬托着红花

红花更加鲜艳更加娇美

有了酒,就有了豪情万丈

豪情地喝酒豪情地唱歌

我们的生活就充满阳光

酒与歌是我们不可或缺的调节剂

调节我们迈向美好的步伐

我们都是黎家米酒

喂大喂实的山里汉子

喝酒使我们豪气冲天

脚踏大地,创造幸福

唱歌是驱魔赶鬼的号角

执着的生活不需要牛鬼蛇神

人生征途亦无须绊脚石

喝吧!唱吧!

老铳持有"身份证"

上山打猎的年代

属于祖辈父辈的风流岁月

他们开怀享受山中的野味

大碗喝酒,大口吃肉

他们呐喊的山歌环绕山谷

米酒、薯酒、玉米酒灌下肚

是他们的口福和幸福时光

我们都是黎家米酒

喂大喂实的山里汉子

喝酒吧!唱歌吧!

酒,使我们豪情万丈

歌,晒着我们的梦想

有酒有歌人生更出彩

五月是一支歌

和着太阳从江边跃起来

舵手们把五月喝上鼓

浪花飞舞

江水倒流

龙舟雄性如风

穿越古楚地的神话

飞扑石榴江的终点

黎妹把五月唱到槟榔树上

唱乐了一个红火火的节日

那清纯的椰子汁也尽情地

沐浴着各种肤色和语言

农夫把五月甩到犁铧上

田间的稻草

以一种沉思的姿势

在农谚里渐渐地

唱绿了秧苗

农妇把五月哼成一缕炊烟

热汗横溢的厨房里

升起番薯稀饭的醇香

清清凉凉的

填满了整个五月

昨日清清的溪流

我的童年,没有厂家。林立的店铺

生活环境的垃圾,没有这样五花八门

卫生死角是八小时以内的重量

污染源易于铲除和挑走

溪水像淑女一般雅静和圣洁

没有浊垢秽杂地横行霸道

更没有毒药"鱼灵精""鱼浮王"之类的

新科技产品,满溪地流淌

冤死的小鱼小虾随溪逐流

那时候的酒魔酒鬼酒神酒仙形影稀罕

溪流里就没有獠牙咧齿的酒瓶碎片

水清澈见底,鱼类繁多,快活自由

人们光着脚板,拿着破蚊帐和鸡笼一样的

简易渔具,在溪流里跑来跑去,快乐如鱼

他们快乐地追赶着鱼虾,追逐着生活的味道

水草、树根、泥土洞和石头缝

是鱼虾们的安乐窝,它们自由出入

父亲捕鱼的技能跟他打算盘一样精

他是农场出纳员,他教我用心算数用心做人

教我用水的流向和响声敲击无页之门

鱼的语言,我听不懂;游走的样子

却像音符。心愿:音符一样的鱼群

争先恐后地游进捞网里,唱出欢乐的渔歌

父亲弓着他那魁梧的腰身,握紧捞网

他的姿态很像蒙古族摔跤王和日本相扑手

鱼虾在网底跳舞之时,我也手舞足蹈

壶状的鱼篓,容积很大,是丰富多彩的鱼世界

还装下我和父亲淋漓尽致的欢悦

但,昨日那清清的溪流已不再

不可回收的垃圾一车连一车地倾注入溪流

建筑垃圾的钢筋水泥木墩板块

毫无商量地筑起了堰塞湖,

泡沫制品鸭子一样漂游水面之上

这里也是水葬动物尸体的极乐世界

酒瓶千姿百态,水是放逐漂流的地方

污水成溪,如死蛇一样弯曲得臭气熏天

昨日那清清的溪流

如今已不再,已不再了

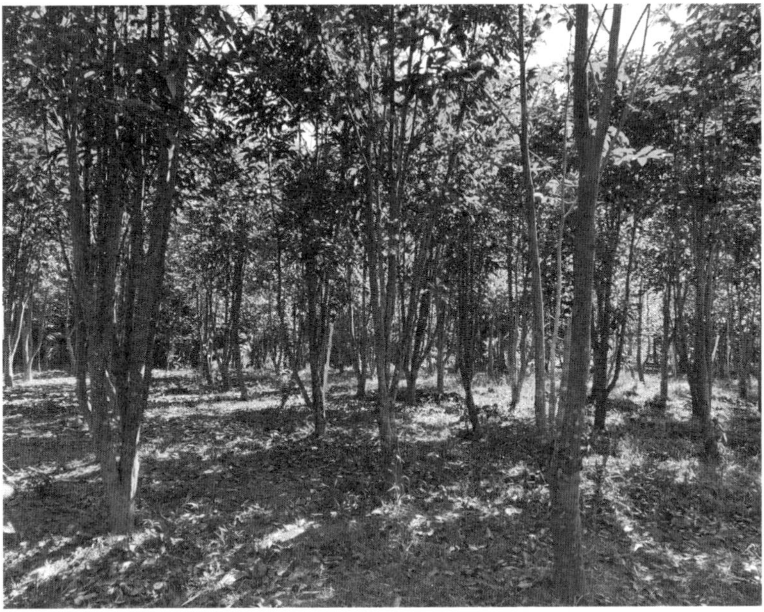

认识红毛丹

若干年前,是的,往事了

我听说"红毛丹"不是"红牡丹"

是一种难以伺候的娇气的水果

不是花开富贵的红牡丹花

这种果树生长的土壤、气候和环境

都很挑剔,具有挑战性,合理性,适宜性

"红毛丹"是果,"红牡丹"是花

一样是吃食,一样是观赏

我们在方言读音上自我误导

许多人想象不到这种水果的味道

后来,在水果街,终于吃到它的肉,汲它的汁

回味一下,我还是喜好龙眼和荔枝

那种甜味和白菜价,我乐于接受

看了看价钱,红毛丹却比白菜贵了许多倍

又用舌尖舔了舔嘴唇。想:真的不一样!

再后来,走进一个种着各样果树的园子

在赶鬼节里,正是红毛丹开花结果的时节

主人放置的蜂箱,飘出蜂蜜的气味

凉风吹过,一阵更比一阵香甜

枝头上一串串的果花,向着阳光

蜜蜂窜来窜去,绿叶丛中

挂果累累,红、黄、青,色彩鲜明

鸽子在近处的地上觅食

一幅秋之画作显现

画中有小松鼠,跳上跳下

主人说,人们喜欢甜甜的水果

小动物同样乐此不疲

比如蝙蝠、鸟儿、松鼠

呵,我在一个园子里认识了红毛丹

红毛丹,好甜的

全身长着尖毛,果形圆似丹

好像滚动一下,就把人

扎得满手心渗血,或在

手臂上,血渍点点

红红的果皮,火一样亮

衬托得旁边的番石榴更青绿

红毛丹饱满的样子,使人产生

幻觉:美味香甜的河豚

恐吓猎手就会鼓气变成圆球

身上披着尖刺的铠甲

有毒的血液和内脏终将被清除掉

河豚就成全了餐桌上的口福

红毛丹偶尔也爬着蚂蚁和黑斑

垃圾桶是它们的流放地

洁白的果肉,啜汲入口

一个季节都甜在心胸里

妈妈说，把果肉和内核

与猪脚腰子一锅炖煮

一方健腰养肾的药膳就做成了

妈妈的话，我半信半疑。却坚信

这道菜是好东西，跟河豚一样是美食

岁月留痕

是与久违的亲情靠拢
还是向渐渐疏远的习俗妥协

喝喜酒和奔丧
心态是两重天
一重天是欢愉、轻松
一重天是悲怆、沉重

回到乡下喝喜酒
礼品不是敲门砖
母语是一种符号和标签
我们的血缘根植于此
是祖宗世代烙下的印
乡亲们认得,带不带礼品
无人计较,无人记账

清明节,回到乡下扫墓祭祖
乡亲们说:这是另一种喜事
拜望远行的人

理应捎带鱼肉果品

在宗族人面前有着光彩的面容

坐在酒席中脊梁挺直

举杯敬酒底气十足

乡亲们出殡,送亲人上山

心情总是那么沉重哀伤

在如山压顶的空气中

乡亲们各尽其力

捐献一些现金、大米和谷物

这自然形成的村规民约虽不成文

却口耳相传,深入血液

香火缭绕,熏着灵堂里的哭腔

我们这些寄生在外捞生活的人

无法彻悟,无法模仿

长辈的水烟筒伸到我们面前

说:不会哭就别挤声装猫叫

败坏了风气,伤了土地的身心

兄弟们脸红如夕阳

送亲人上山,住在另一种房子里

西山的夕阳也落幕了

回到乡下,酒桌上的菜肴

我们都有一技之长,露一手

生活沉淀和积累的风味

摆入乡亲们的碗碟中

供舌头评论色香味的诱惑

回到乡下,我们是游子

乡亲们都很体恤和关照

兴致勃勃之时

民歌的血液在心中涌动

情歌和酒歌是饭桌上的主题

歌在情中在酒中流淌

我们醉倒在村头的凤凰树下

乡亲们习以为常

无人说三道四、指手画脚

呵,故土是每个游子的

安息大床

啊,我的父老乡亲

历书上二十四节气的谚语歌

在劳作中,刻入长辈的皱纹

朗朗上口。在乡亲们的酒桌上

谚语歌鞭打着犁铧

犁进时节,犁进火热的土地

乡亲们的耕作跟节气协调

一致播种

一致收获

乡亲们最惧怕天灾人祸

雨季的破坏,台风的横行

乡亲们手忙脚乱

喘着粗气拍着后腰

也要聚在一起,编排一些粗话

怒骂老天爷的霸道和无情

他们恨不得变成哪吒

用三头六臂和风火轮

把稻田里黄灿灿的谷子请回家

——阳光下,那璀璨的稻谷

铺满庭院里的晒谷场

乡亲们千恩万谢又得感恩老天爷

乡亲们三天两头

摆弄日历

记挂日历上的日子

总之,田间地头扯淡的话题

如百花开,好看好听

他们爱翻看日历,摆理说事

建造房屋,娶媳嫁女

挑选黄道吉日

杀鸡祭灶,和家人一起

分享新一季稻米的芳香

乡亲们总不会急切

瓜架上菜地里的虫害

驻村干部以科技的生产理念

使田地欣欣向荣

长出红红火火的景观

乡亲们不再埋怨贫穷

电商给他们打开了一扇窗户
乡亲们和全国的菜农一起
将绿绿的爱意送入城市
乡亲们多么激昂,挥舞手臂
为美好生活欢呼

而今,乡亲们有了榜样的指引
有了精神的绿树和导向
竖起了民宿和农家乐的招牌
乡亲们都把头顶的穷帽子
甩到九霄云外,甩到南海龙宫
他们学党史,跟党走
行稳致远,步入下一个百年

啊!我的父老乡亲

重遇七仙岭(组诗)

纸上七峰

在半醉半醒之间

每一行字都长成一座翠峰

我在纸上刻画,激扬文字

七峰的神韵和风采

我的笔却被苍白的大脑

削成亮顶。乙醇是指令官

大脑的阵地自由散漫

搜罗着意象,酝酿着意境

总把我引入云里雾里

找不到绿意

找不到四季的高度

纸上七峰

何时从我的笔尖上

直插苍穹

山风

入夜,山风

急骤地冲刺

我找不到出山门的参照物

若然夹着雨,那是台风了

山风很怪异,恐怖的声响

游走在水泥路上

四周的一切像是附体了山魂

树木瑟瑟

石头阴森

山风飕飕

行人哆嗦

景区的专车蹒跚在半山坡

轰鸣声歇斯底里

灯光飘忽迷离

等车，在十字路口

落寞的心，感受不到

中午路过的景致

山风更疯狂，流窜在转弯处

山风起，七仙的灵魂

在路上，还是与人同行

泉之鱼

不经意间，板楼之下

池中泉水打了几个吁哨

像是谁，有意无意用某种暗语

避重就轻地提醒你

山巅上有风景入画

水中也有游鱼入诗

清冽的流水，围垒的山石也是艺术

肥硕的鱼,游弋着叶子筛落的阳光

一二三……好像是七尾

又好像只有三四尾,游来游去

游到我的科普储备库,没有洞开的大脑

斑斓多彩的鱼,我想起锦鲤的呆萌

是否? 是否? 错与对

泉中之鱼自己也无法作答

泉之鱼,在泉水池中

殷红的嘴和头脸

是七仙女惠赠的口红和胭脂吗

妆化得如此艳丽可人

抑或你们就是七仙女之化身

除了巅峰上云彩,什么都绿了

泉之鱼,在池中游弋

看景人,于楼上指指点点

风和水

风水,山石,台阶

花草,绿叶,游人

山在呼吸

水在吐纳

山水的绿肺无限舒展放大

人在山水之间放逐自己审视自己

《甘工鸟》的叫声,山水侧耳倾听

《甘工鸟》的歌舞,彩云绕着转

一出哀怨惊艳的爱情神话

从七仙岭跳唱到北京,到国外

唱"甘工",跳"甘工","甘工"是一只

追求幸福和自由的小鸟

小鸟在七仙岭上种满太阳

黎家少女在阳光下载歌载舞

太阳下,温泉边

七仙女飞天了

留芳了一袭霓裳

翠绿了一脉山水

有呼吸,有生命的山和石

有流向,有光感的风和水

簇起七座人文景观的金山银山

游人,绿叶,花草

台阶,山石,风水

人从山水深处走来走去

山寨即景

阳光,打转着,萦绕着

热吻田间地头的瓜菜和农人

他们都是追梦人,都是劳动拉家常的好手

田间地头的奇闻轶事,像一盘大杂烩:多味

妯娌嫂婶打趣的话匣

从"他大姨"第一次光临的慌乱打开

手机视频不能晒的,在田间地头晒

话头热了,荤段子就像山风一样

隐隐约约地灌入邻近的光棍汉和老汉的耳鼓

光棍汉听得心猿意马,浮想翩翩

卖了瓜菜,在摩托车后座上拉着美女去张扬

老汉木讷,难得脸红耳赤,憨干活

偶尔,他也自言一句:有些母鸡跟我一样

不知脸红。大伯却时常无病干咳着,节奏感很强

捂嘴的手,表在转,总说:瓜菜老板怎么还不来

小媳妇们吐了吐舌头,窃笑。而后

捧着手机,扫视瓜菜田地

不知看景还是看人,筐里,除了人还有花和瓜

小姑小姨最喜欢制造山雀的气氛

叽叽喳喳地从藤蔓的空缝钻出头来

看看出村的山门,在顶峰

月弯牙冒尖的地方,她们的心思也冒尖在那里

涩涩的细语是中学女生的旗语

摇摆不定,轻声化装着含羞的岁月

假日里的劳作,汗臭放逐着青涩

他们学习了简易又实用的田间知识

和一个少女成熟为少妇的某段历程

田间地头的追梦人

有的骑着山鹰飞向远方

有的尽情歌唱生态村的云彩

有的在树荫下,唤猪叫羊……

村口的山路,大车,小车

出出入入,上坡,下坡

一路山水一路欢歌

久久不见久久见

不经意地相逢,淡黄的夕阳挂在西山

不同语系的你我,大力神却都是我们的图腾

神明同样将我们的容颜香点出沟壑

同样把我们密匝匝的青丝染成半白的浮云

掠过你的髻冠,看天上飘忽的火烧云

我恍惚地勾勒起一些校园的片段

潜意识到我们曾经相识

真想问一声:你还好吗,老同学

不经意的相逢,青涩的云回旋于时空

——那时候的凤凰树、三角梅和招风的竹尾叶

那时候的食堂材木堆和校门对面的小卖部

写意着朦朦胧胧的风花雪月

琼瑶、席慕蓉,还有金庸、古龙的情节和命运

男人和女人的天地乾坤,火和水的洗礼

阳春三月的转世和轮回

小经、吉他、康乃馨、刀剑如梦

我们曾一起用我们所感知的美文诗词

交流着彼此的心得领悟。校办公室墙上的信箱

是一种叫人心率不正常的依托和甜味

抑或是桃花岛和大漠边塞的想象

洛阳纸贵兮！想要说的话,欲言又止

一角钱的邮票是我们一顿正餐的菜票

爹娘都是膜拜大地乞讨生活的山里人

生活的运作,就是风里来雨里去

总冀望子女们冒祖宗之青烟,做大力神的好后裔

我们不敢辜负父母的血汗钱,多撒在邮路上

可命运辜负了我们,我们也辜负了命运

彼此都不敢把眼光深入对方

师范的路,不在我们的脚下

教师的碗,不在我们的手上

在夜空设桥,在南墙倒扣

贫寒埋葬了我们含蕊的花

我们都别无逃路,各赴命运

不是回避,是人生的唯一

命运湍急的岔口,飞溅的水花

各有流向,各有流量

落差叫着沟壑,沉浮着沙石

久久不见久久见的光晕

再年过半百的人

荡气回肠

第四辑
生命之歌

DISIJI SHENG MING ZHI GE

那一天[3]

登顶那一天
你指点我
美
就在山腰

下水那一天
你提醒我
岸
就在桨上

握别那一天
你暗示我
命
就在手里

---

[3] 本诗于 2003 年 11 月发表于《现代青年》。

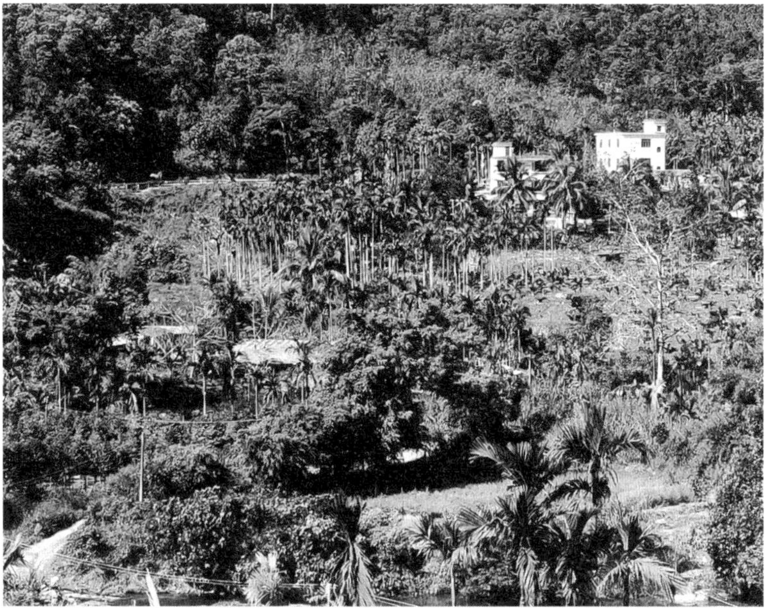

五月的岸 [4]

> 路漫漫其修远兮,吾将上下而求索。
>
> ——题记

大夫啊,你求到与索到了什么
是《离骚》《天问》吗
是一个化干戈为玉帛的大国度吗
是一番明辨是非的君王的爱宠吗
是也不是?

悲兮?恨兮?
唯《离骚》《天问》
流芳千古
而你那愤世嫉俗的身躯
已化作汩汩的江河
你那忧寡的泪水
已滴成五月的潮声

江中的精灵呵

---

[4] 本诗于 1990 年发表于《诗歌文学报》第 10 期。

有诗的源泉

有歌的翅膀

河里的哭泣声呵

有哀怨的故事

有神龙的图腾

不是吗？龙的传人

年年如期，初五日

鼓声中，蒸献

一团糯米馍馍

把一个古楚湘亡流浪汉的灵魂

粘贴于

人间

粘贴在

五月的岸

曾经 ⑤

曾经你是我的诗
曾经我是你的歌

墨绿的胶林里
你的脚步很抒情
踩着我的眼睛,款款
于早晨的扉页
曲折的山峦小径上
我顽皮成晶莹的露珠
浸你的裤腿片布
湿漉如饱满山歌
还有,那开拓人类心灵的
荒芜,河流,山林
和蓝天白云……
都是我的诗
都是你的歌

曾经我的诗里有个你
曾经你的歌里有个我

---

⑤ 本诗于1992年12月发表于《女性天地》。

读信[7]

那年那月那日那封信
信中走出一个人,风尘仆仆
于我的生命里
植成一棵树,之后
这树荫下的话很多
却默默无声
是一种激动人心的场面

读那棵树,她的名字
深入我的肺叶
风,在四个季节里次第分明
我一节节地吸进来再呼出去——
春的温馨
夏的热情
秋的豪爽
冬的深沉
我都一一感悟了
此地此时此刻
以最美的姿势
挂着我的思念

---

[7] 本诗于1993年11月15日发表于《海南青年报》。

日与星[8]

这是真的吗

我是太阳你是星星

我们朝朝暮暮

无从相见

我们的情感　　只能

只能用祥云来传接

我们的相思　　唯有

唯有托付给旷野

但愿,但愿黑夜降临之际

我的梦有着铭心的温馨

阳光流浪时刻

你的眼睛有所发现

——我们的心灵

彼此照应

---

[8] 本诗于 2003 年 10 月发表于《人间方圆》。

征婚情愫 [9]

认识你的时候

你最活泼,跳成铅字

笑靥上也荡来油印味

——青春的诱惑

在花边线圈突围

你未能见到我

我却能认识你

幸好,鸿雁会传情

是爱情　　是友情

那是时间和笔杆的事

此时,我只想化作一张帆

鼓满虔诚和爱的风

驰向你,而后

等待缘分泊港之时

充当你的镜子

装饰你的岁月

---

[9] 本诗于1993年12月入选湖北《纯情经典——1994年青春诗历》(武汉出版社)。

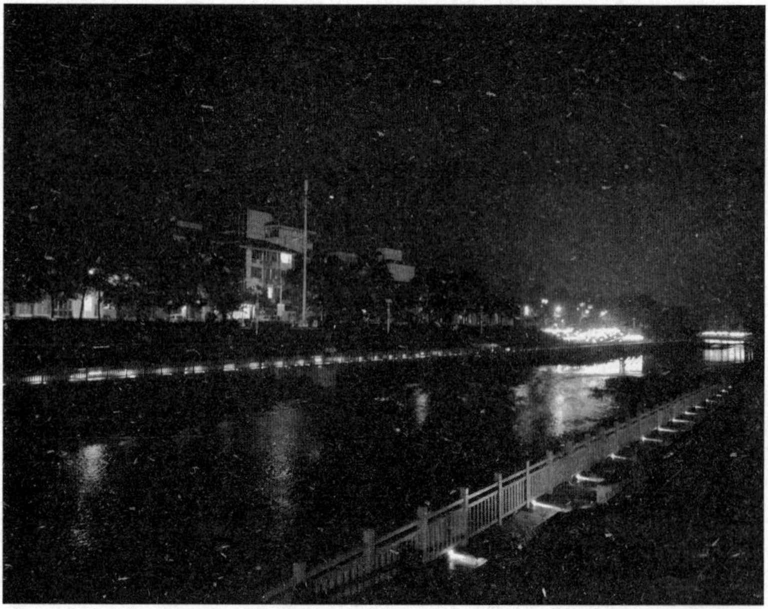

BP机：移动的数字或地址[10]

感谢阿拉伯人
以智慧创造了数字的奇迹
这十个简易的符号
也就简易地点化了人类历史
人类在0123456789的
变化和移动中，一起
脑门灵光，手口利索
这十个神奇而平凡的数字
穿越时间和空间
洒洒脱脱地步入
数据的文明社会
电子时代，智能时代
世界因此四通八达

谱写数字的变奏曲
因此真实，虚拟，多彩

随意买下一串数字

---

[10] 本诗于2000年1月获海南人民广播电台"199非常快乐"节目和海南国信通信有限公司举办的"我与寻呼机"征文三等奖。

椰风海韵中的民族

别在腰带间,BP 机

一个移动地址

就人性化地响起

用它敲击电话的按键

我听到了乡村的树啸鸟语

闻到了都市的车水马龙

流在心头。这人情味,很深

热恋中的红男绿女

很热衷把这些数字

移动成爱的代号

51299(我爱你久久)

甜蜜着他们的情感

别在腰带间的数字或地址

经过电子的消化

彩蝶般地

扇花了我的眼睛

励志人生——听广播讲残疾人的故事[11]

歇息时,听广播,在爬满
甜瓜藤蔓和大绿叶的草棚里
四周的田地上,瓜菜敲开冬之门
每一朵花,都吹奏火红的日子
每一个果,都雕着翡翠的塑像
每一寸土,都分娩绿色的生命

阳光下,声波和盛开的瓜花
最美最立体感,在远离人群与喧闹的
幽谷间,听你们坚强
或以一只拐杖支撑
或用单手独臂扛起

眼睛失明的,有求生的歌声
为了生活
你们总是自尊自强地
与健全人结伴同行

---

[11] 本诗于2004年入选海南省电台《百草园》节目作品选第三辑(海南出版社)。

电波中，你们的故事

犹如一只巨掌

牢牢地托着我的腰杆

我内心自酿的

不满，感伤和孤独

也已被巨掌揪住

打倒在地

阳光灿烂，我的思想

重遇了久违的自信之光

噢！朋友，正是你们

这些身残志坚的陌路人

使我迷路的心，再次种植

安详，宁静，常乐

荷起锄头，走在田垄上

我笑面整个冬季

——春天已不远了

夏日

想想一些心事
热浪给了我一阵阵耳光
火辣辣的脸面
火辣辣的情绪
我的心头没有一丝风
浮躁与阵痛
随着热浪涌动
蝉在枝头上
讲述童话般的物理知识——
日长夜短,热胀冷缩
夏日不可能叫人夜长梦多

亲人们都说璀璨的秋天
还得等上好些时日
蝉在夏的扉页上奏鸣
天使一样自由、安详
而,我偶尔是上帝
偶尔是魔鬼

如花的阳光

阳光灿烂如花

荔枝园满树鲜亮

滴溜溜的果实

渗透着

阳光的形象

楼前楼后红艳艳的硕果

是老板特意展示的景致

是老板创业的象征

或是杰作和理念

丰收的荔枝园是一幅画

穿梭的男女

绰约的身影

这劳动的欢歌笑语

那么的热闹惬意

那么的情趣盎然

阳台上，瓷盆中的芦荟

如剑一样指向阳光

绿绿地长着

吊兰花，吊下一朵朵

美好的祝福

路人的笑靥

沐浴着阳光

阳光如花地照着

白鹭飞来

冬耕的田地里

一种外来的白鸟

引颈顾盼,惊鸣飞翔

村人有识货辨物的,说:白鹭

白鹭,你是在收集山坳的百鸟吟唱

还是在寻找歇息做梦的枝头

而,你的鸣叫声似乎有些哀凉

牛背上的牧童因不习惯而厌烦

时而塞耳不闻,时而学声狂喊

都说你来自北部的冷地带

春冬节气的精灵或领头鸟

气候的互转是你们约定飞离的消息

你们洁白的羽毛,给我们的田洋

描绘了北方落雪的意境

你引颈高歌的姿态

构成灵动优美的风景色

候鸟

1

它们扇动翅膀的响声
正值天高气爽
我又开始耕作了
另一个季节
低碳的铁牛
呜呜着时令的梦

2

候鸟最谙气候的钟表
自由飞翔北方的豪气和酒气
它们在寒流来袭之际启程
若启程,就得飞越长江
飞越黄河——风雨五千年的母亲河
若启程,有时候
将会在高尔基的海燕陪伴下

迎着暴风骤雨

搏击恶浪,奋力横渡琼州海峡

南方的岸

风光旖旎

气候迷人

3

我水田里的候鸟

色彩斑斓,语言多种多样

我只读懂一种

它们来,我耕种

它们去,我收获

4

春暖花开

我绿绿的梦也开了

候鸟衔着红红的阳光花

回归故里

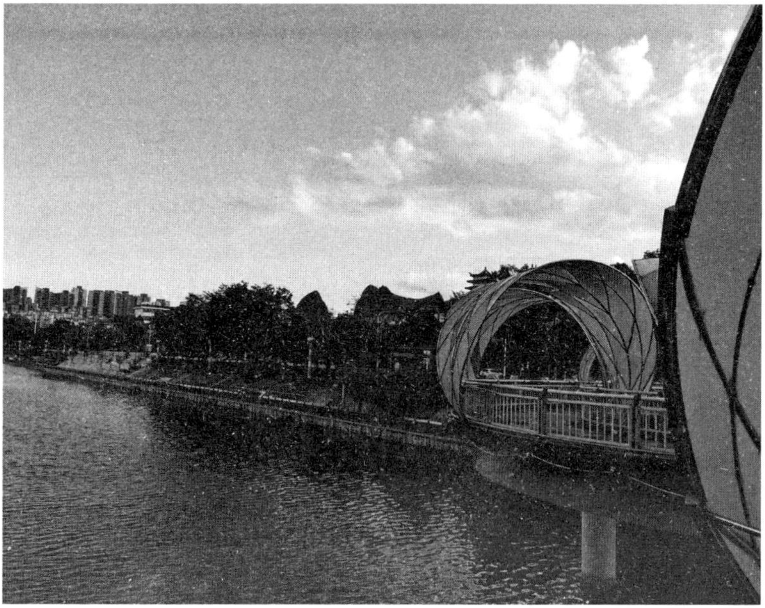

戏说枪手

A 说

带笔墨上战场的枪手

善于躲在阴暗处

与别人讨价还价

私人订制契约：事成之后

一手交钱

一手交货

背过身影吧，枪手

穿着质地精良的隐身衣

从容地步入毒室

以自己握枪之手替代他人之手

秘密地暗杀一些对手

为那些脑神经短路的有钱人

扫除仕途上的障碍

为出钱消灾的人

点化文字

指示光明

指示人生

B 说

西装革履,出手阔绰的枪手

经常出没在高档次会所

他们道貌岸然,一边品茗

一边用狼一样的眼睛

和珠光宝气的手指,当枪

瞄准风姿娇艳的美女

扣下弓板,进行枪杀

如若梦能成真,倒下的

最好是处女。他们坚信:

此乃一种清补凉之佳品

如此美事,打一枪,换一个地方

方为万全之策

务必以此为荣,乐此不疲

方能滋阴补血延年益寿

枪手,有时候

不需荷枪实弹

登七仙岭的北方女人

重阳节的太阳晒着欢乐和毅力

登山的人们驮着太阳和绿色

向上,再向上,冲刺,再冲刺

他们的目标是顶峰

顶峰上有无限的风光

而,一个时尚的少妇

她有些疲倦不堪

她跟三三两两的人流

拾级而上,累了,她就在

稍微平坦的石头上停歇

眺望翠绿的森林

沉默良久

她是在和森林做某种心灵的对话吗

她说她生活在飘雪的北方

很不容易见到令人心疼的绿色

现在她的手机都被这里的山水洗绿了

她又说她很想听听七仙岭的故事

我们这群生活在七仙岭脚下的黎家汉子

就将七仙女的善良、壮烈和哀艳讲述了

同时讲述了生命,我们的普通话

直来直去,舌头不会拐弯

这种讲述方式,叫我心虚

北方女人的普通话很悦耳,有很多儿化音

她不刨根问底,只问一些词意

她终于知道看七仙岭的神奇故事

她的眼眶里,有泪光在闪动

她揉了揉眼睛,又上路了

她和我这个体弱的男人一样

步履蹒跚,但都不需要棍棒的搀扶

我们都需要观看顶峰上的秀色

都需要深入森林的肺叶和心灵

都需要沐浴七仙女泼洒的圣水

重阳节,一个北方少女

行走在七仙岭的道上

看着她,我对登山有了

更深一层的理解

景物三题

山 菊

淡淡的,很清香很素雅
我是回乡的打工仔
在半肠小径上
魂迷　魄醉

菊,在手机荧屏上
一起一伏
弯曲的小径
是妈妈的纤手
不论我走多远
总是牵引着我
一路拍照着
山里的菊花

水 仙

沃土的表情十分稳重
像是一位沉思的老者

而你哟,柔柔的身姿
如水,微风吹起的波粼
与一支经典而哀怨的歌有关

你粉红色的花
高举着太阳的灵魂
你带着沙沙的风
是我的乡音乡情

吊 兰

最精心的呵护
在门前的阳台上
兰开,兰谢
阳光始终是观众
而,花儿吊下的憧憬
以篮子的形式
温暖了家的炊烟

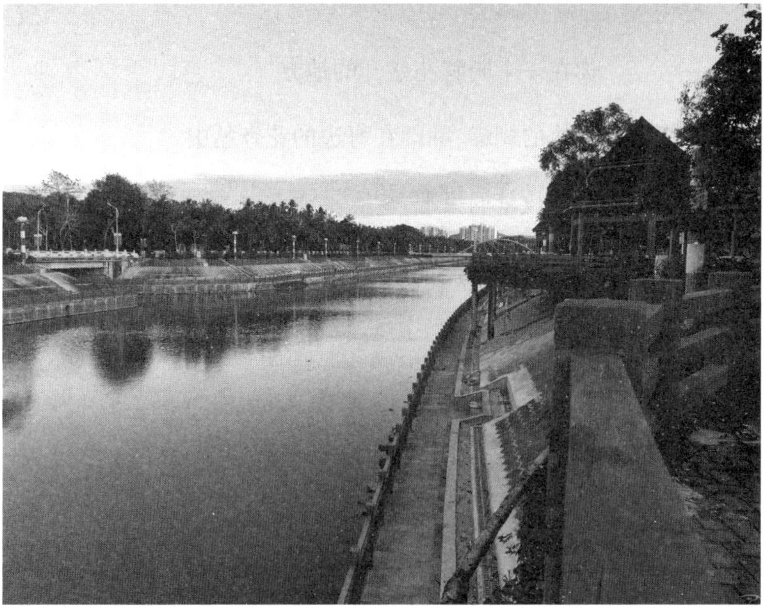

写信在月夜

写信在月夜

所有的思绪纷纷上路

你在一个叫鲜花盛开的地方

穿梭的蝴蝶,翩翩在海边的花卉丛中

是一枚梦的巢吧

花一样的美,蜜一般的甜

八月之夜,只想往信封里

装一缕七仙岭脚下的月色

寄给你,在你心里

铺一片万福和安宁

不要让心中氤氲的朝雾

笼罩了

温柔如水的银月

我要以黎家酿的山兰玉液

把这融融的月色醉倒

醉成一枚枚色彩斑斓的邮票

一半,你收藏

一半,我收藏

写信在月夜

心思夹带着荔枝园一片

温情,飘向远方

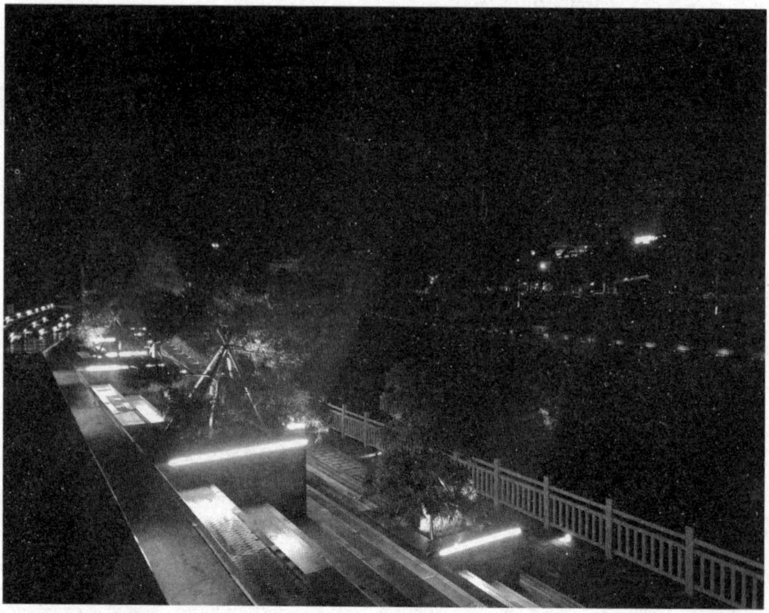

借一袭飞天的羽裳

七仙女来过这里吗

她们是要到那温泉中

沐浴欢乐和健康吗

她们曾在泉边晾过羽裳吗

我多么想借一袭飞天的羽裳

让我的诗泉湍飞

让我去窥探七仙岭的神奇和美妙

体验乡亲们和谐与幸福的生活

哦,我只想借一袭

飞天羽裳。足矣

向山顶再跨上一步

在七仙岭直往上走的时候

我感觉到我迅速地热血沸腾

那种彻底地使我醉倒的神怡

来自七仙岭最高的山峰

来自袅袅生烟的温泉

这时刻,正是晴空万里

立即和我一起陶醉的

肯定是蔚蓝蔚蓝的天穹

我想用我的经验或者想象

确认我与这种神怡间的距离

根本无济于事

因为这里的世界

花香鸟语

蝴蝶飞舞

泉水汩汩,于是我会感到有享不尽的

幸福,都朝我涌来

我还听到一种我从没听到过的

歌声,田园的味道在苗寨升起

我再也不去想世俗事了

我只盼望那清清的泉水

泡浸着我的身心

向山顶再跨上一步

如果说能从这种登高的神怡中

升华出来

我将快乐一生

享受一生

和谐

春天里的一个上午

沁人心脾的卧室里

一片静谧祥和

我正在读郑振铎的《燕子》

室外,槟榔树椰子树上

飞扑着燕子伶俐的倩影

她们那俊俏的翅膀

或动态或静态,都很优雅

表演着春天的故事以及生命之歌

那活生生的形象,在枝头上

在空中,叩击着

我对《燕子》的深一层理解

我心花怒放,立门临风

临风,独自去感悟

春天的生机与丰润

我渐渐步入燕子

嬉春的意境

燕子掠开春风

如诗歌的语言

歌舞着绿色和生命

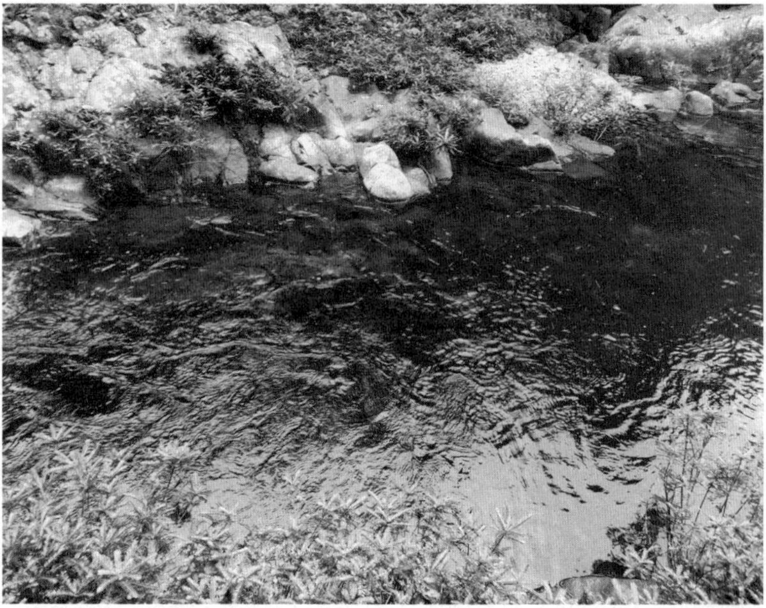

在奇楠沉香小树边

我想写几行诗句,把奇楠

沉香的芳香,留在指间或唇上

只是,你还是一株小树,八月的光影

嫩嫩的叶片,指甲状,纤纤的身姿

还在生长,不健硕,不长香

纵横交错的滴水管,源源不断地

给你发育的身体

注入绿叶素

注入生命力

万亩的山丘地上

每一株小树,齐刷刷地长着

三月的阳光在山丘上漫步

我们在阳光下,小树边

只是匆匆的过客

我们指点不了这万亩山丘

描绘着奇楠沉香的美好和芬芳

而沉香园中,欢声笑语

飞上了苍穹

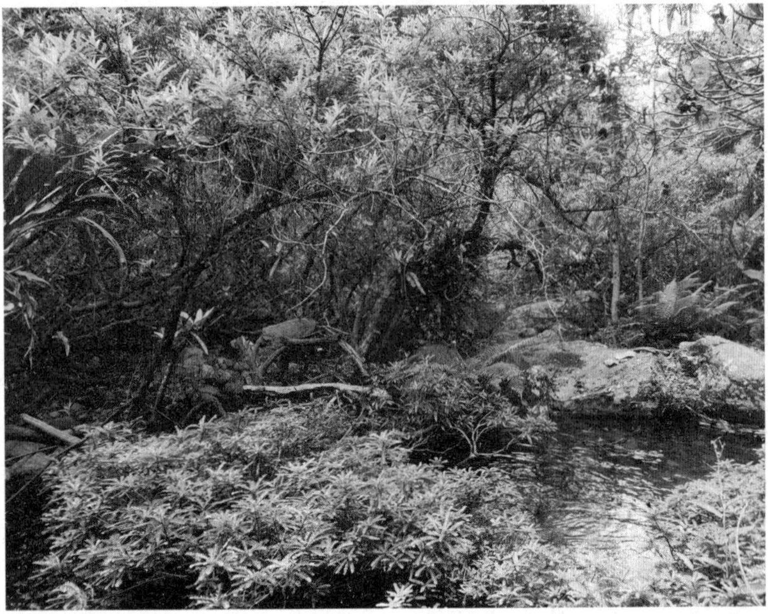

风缘,田边一棵木棉树

佛说:站如松,坐如钟

是禅。一棵树

站在田边,不是松,不是钟

是孤独的木棉树。一棵

木棉树底下倚着一块巨石

停着一些方圆不一的小石头

灰褐色的容颜,阳光下端详

犹如一个老弥勒面对一群

小弥勒,正襟坐禅。于一棵

菩提树下,开坛讲经

老弥勒还说:行如风,也是禅

大石头静坐如哲人

羊群漫步山坡上,领头羊

雄踞树荫下的大石头上

反刍青草绿叶的五味杂陈

傲视它的臣民,这是首领的风骨

矮树灌木长长的尖刺

在黎族老汉的刀光中

椰风海韵中的民族 | 165

失去了锐气和斗志

木棉花一样鲜艳的大钞票

牧羊的大姐牧牛的大哥

屈指掐日,肉牛肉羊长膘的好时光

母牛母羊下崽生利息的美日子

三五朵红花飘落

春风鼓动绿意

木棉花在田边昂头长着

田地里的朝天椒红红的

和木棉花

相照辉映

田边的一棵木棉树

孤单地站立着,风起

红花,零零,星星,飘落

佛讲:种子行如风,乃风缘

有风,千里之外落地生根

根扎实在此,木棉树

独挡风雨

寻思,一棵枯死的椰子树

我默默地注视,一棵

死去的椰子树

寻思,它的过往,有怎样的际遇

是狂风滥雨的拍打

还是山洪急流的冲泡

是烈焰暗火的焚燎

还是撼天动地的雷击

我不知道,就像

我不知道我的前生是何物

是钻山的蛇

还是行空的马

是守家的狗

还是任劳的牛

我又寻思它未来的梦是什么

是当作柴火,为人取暖

还是当作木桥，为人搭路

是当作水槽，为人引福

还是自生自灭，难为人晓

我已无法料想，就像

我无法料想我死的模样是

什么扮相，丑陋或安详

盖上棺木，人的一生

必有定论

寻思，在一棵椰子树前

它枯死的样子

我百感交集

潸然泪下

车前草

简居在田野、路旁

绿化了房前屋后

你椭圆形的绿叶下

时常蹲伏着

形象讨人恶心的蟾蜍

你就有了一个俗名:癞蛤蟆草

你的名声,听了

叫人也起了鸡皮疙瘩

而你,却是清热解毒、明目的良药

车前草

名声庸俗,药效不俗

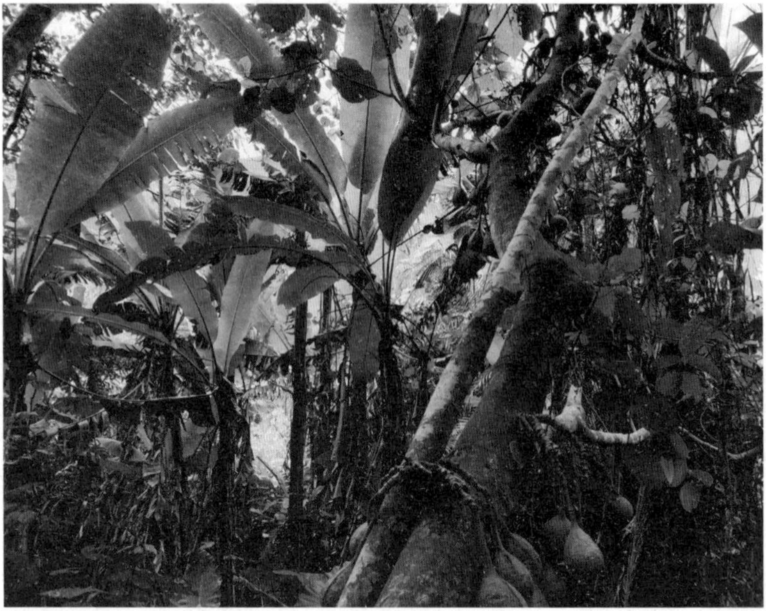

雨后即景

没有了风吹叶动

树木直向晴空

积水流动

围墙的洞口,吸走了

落叶和一些垃圾、污秽

浮肿的庭院

一下子瘦身,靓了原貌

飞蚁在清爽的庭院里飘舞

飘舞它们的生命和风采

老母鸡携白羽红冠的公鸡

率领它们的臣民或子孙

驱逐和扑食长翅的蚊虫

那些可遇不可求的美食

黑狗花猫不知从哪里钻出

在走廊里打哈欠,伸懒腰

为这场久违的仲夏之雨

表演着老祖宗的五禽戏

雨后,彩虹扎在南山前

站出青绿的风韵

阳光,伸进围墙

暖暖地在庭院里

行走或打坐

致一位叫寒霜的女孩

又是星期日了

活在这热烘烘和充满绿意的

土地上,是荣幸之事

《百草园》[12]的芳香气息

扑面而来

在我心神毫无设防之际

一个跟冰雪和北方相关的名字

出入耳膜

四周,因此寒霜洒扬,洒扬

哦,寒霜

一个无法取暖的名字

你的不幸遭遇

你的善良感怀

你的坚强不屈

令我的心灵翻滚沸腾

---

[12] 注:《百草园》是海南人民广播电台一档面向青少年的励志、交流类节目,于1989年7月开播。

真想,道一声:你好,珍重!

而你却躲在电波以外

与人流相隔

寒霜,你可知道

站在这热烘烘的土地上

我,一名《百草园》的普通听众

以诗歌的心情

以明月的言语

祈祷你有一种升华

——寒消霜散

朋友啊！亲爱的朋友

打开你心灵的窗户吧

让阳光洒入每一个角落

伸出你纤弱的双手吧

让爱与你相握相扶相助

掸掉你生活的寒霜吧

让友谊祝福你

一生平安

你好！屋檐下的精灵

立春了,细雨丝丝

燕子！你这屋檐下的精灵

请接收我这个写诗农人的祝福

这平淡而充满关切和怜爱的内容

从槟榔椰子树环绕的小屋

传递出去,幸福便在

我的笔尖和信笺上跳跃

心头上盛开的花卉,与季节无关

那圣洁,那和谐

神气活现地

点缀我心灵的百草园

你好,燕子！游戏季节的精灵

春风都吹绿了庭院,阳光很暖

我甘愿在春播的田野里

注视你自由飞翔的倩影

聆听你呢喃希望的消息

然后，和你一起歌唱生命的光辉

声声相和

到天之涯

到海之角

你好！屋檐下的精灵

这时令里不时髦的问候

以许多槟榔花绽放

成串的芳香

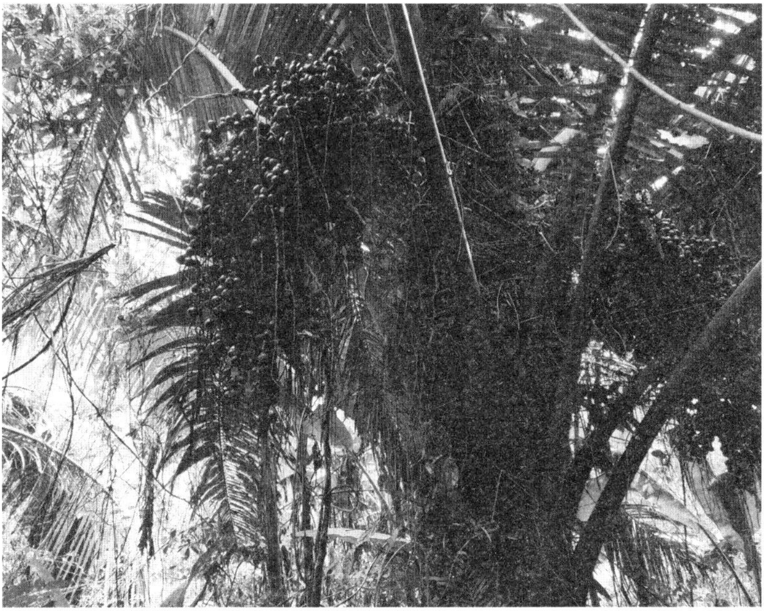

手机 2020

手机,手机

就是手和一种掌中机器

手机里有虚幻的天马行空

牛鬼蛇神也在里面

闪动着你的某种思想

掌中机器充上电,成电器

这种灵巧的通信工具

用手指点击,世界就在手上展开

以耳朵聆听世界的喧闹和死寂

以眼睛察看世界的抽象和具体

视频的光怪陆离,风起云涌

市场被手指刷新

你却低

着

头

太阳诚惶诚恐

除夕的烟火被母亲围在炉膛

我坐在炉火旁

低下——头

刷新年头夜色

十字架就在脚下

我不是基督教徒

不懂得给英雄们

唱赞美诗。我只能留言——

万能的上帝啊,你披上铠甲了吗

你的祷告可否消除

人间的灾难

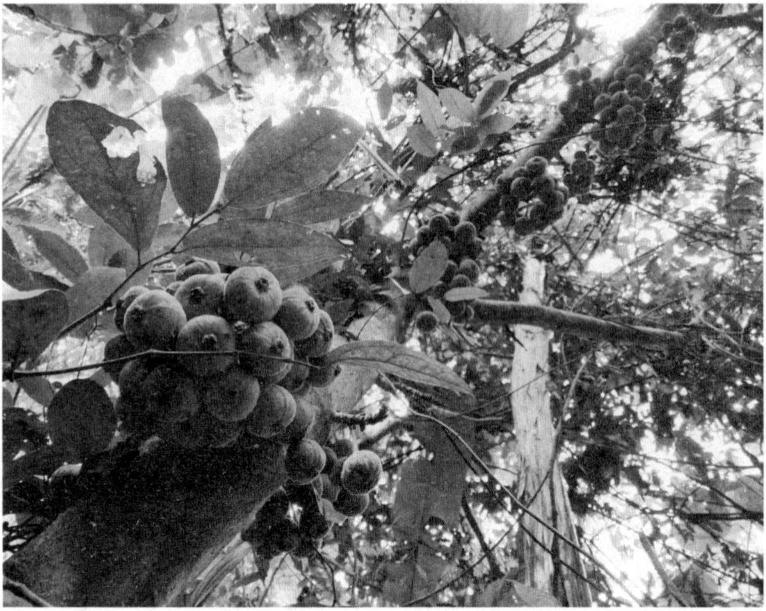

失眠之夜

月色溶溶也好,星辰满天也罢

失眠的日子,总把痛苦或幻觉

引向失控的局面,我毫无攻略

总有什么冥冥之物,啃噬我的精神

啃噬我虚无缥缈的心灵

恍惚中,似乎有女子光顾寒舍

钱财满床第,却又暗淡无光

火和水同时漫入我整个房屋

我逃无处逃,躲没处躲

在清醒与幻觉的边缘挣扎

我冒冒失失地录写了一副对联:

书生金石气

屋存紫兰香

这是一种自我嘲讽和孤芳自赏的景观

可以看,可以感悟,不可以读

人,可以从一个屋子到另一个屋子睡觉

但就是不可以失眠

失眠意味着失智

第五辑
一首长诗

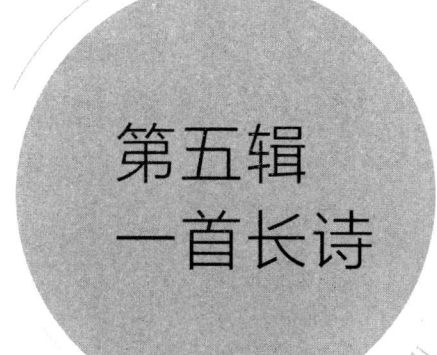

DIWUJI YI SHOU CHANG SHI

椰风海韵中的民族[13]

敲开大地和山河湖海的记忆

在一个爬满绿色的岛屿，是你最先

在南海之上昂首锁定了星辰日月

黎人，你是海南岛上最远古的居民哟

你在洞穴里听凶禽猛兽咆哮逐渐英勇

你在山芭蕉叶下听狂风飓雨逐渐壮大

黎人在这个宝岛上熙熙攘攘地来了

又在这个宝岛上熙熙攘攘地去了

逝者在椰风海韵中长眠地下

生者在椰风海韵中站立大地

如山石坚韧不拔，如古木长青

生命，黎人一代接着一代并蒂连

---

[13] 本诗于2011年入选《诗词在线网络月刊》第12期，编辑推荐理由："此诗详尽叙述了海南岛黎族人民的风俗以及勤劳和智慧的生活断想，取材翔实自然，使读者在感受诗韵的同时，更能从中体会到黎族人民世世代代的精神所在。故荐之。"

最后他们站作了五座挺拔而葱郁的山峰

镇住了山魔水怪,镇住了凶禽猛兽

黎人的子孙安居乐业了,幸福祥和

万物有了知觉和灵气,大地生机勃勃

黎人世代又传承下这样一个爱情故事:

曾有一位英武的先祖把一只矫健的花鹿

追到了海边,追出了一个天地间的惊艳

花鹿回头来,目光柔和,安详温顺

她含情地看着眼前这位英俊的黎家小伙子

还眺望着那漫山遍野的金黄色的山兰稻

她还回味了黎人酿制的山兰酒的芳香

后来,花鹿化作了一位貌美的黎家少女

和那位英武的猎人结为夫妻,相亲相爱

再后来,这只花鹿便和猎人一起

落户在海南岛最南端的一座山头上

守望着"美丽三亚,浪漫天涯"

恭迎五湖四海的嘉宾贵客的游览观光

她在椰风海韵中,喜收着丰厚的外汇

人们都热爱她,赞美她,大海称颂她

她的美名随着湛蓝的海风而远播

黎人有自己的文化,没有自己的文字

他们以口头记录着开天辟地,万物生灵

记录着树皮衣被,钻木取火

记录着民歌舞蹈,自然图腾

记录着纺染技术,祖先崇拜

记录着生产谚语,八卦生辰

还以美妙的歌声和饱满的情感

记录着丰富的民间文学艺术

这都是祖国的文化遗产和黎人的精神食粮

我是黎人的子孙后代,喜欢写诗

我现在写诗,写给我们民族的诗

用的是词汇丰富多彩而生动的汉文字

她是世界上最富有生命力,最为优美的文字

她在联合国官方交际中占有重要地位

她在许多友好国家设有孔子学校,汉文字

她的地位正在日益提高,如日升中天

我热爱汉语言汉文字,我是读着成长的

也将读着她直到去见我的先祖们

在椰风海韵中最幸福,在这过程中

我读到了一些褒扬人性光辉的文字

读到了一些彰显民族区域文化

和人文景观的汉族文字,历史悠久的文字

我热爱我的民族——黎族

但可能因我的汉文字泥土营养不良

我的诗句会显得带着某些劣根和不成熟

可我的心中依然有一团燃烧的火

劈劈啪啪地烧着我的一些感触

我心灵的窗口,看见了五指山七仙岭的灵光

在灵光之下,在肥沃而烘热的土地上

我的父老乡亲,兄弟姐妹们正在挥汗

美好在他们手上,世界在他们手上

而今,黎人都不再去追猎烧山种山兰了

他们已经明白到碧山绿水优越的环境

让他们世代身体安康,生活幸福美满

他们追逐着太阳的色彩去建设文明生态村

他们和全省各族同胞一起,携起手来

把这片赖以生存的净土,创建成为:

绿色之岛

繁荣之岛

文明之岛

和谐之岛

以及国际生态旅游岛

呵,我的父老乡亲兄弟姐妹哟

我们都是双脚站在大地上讲话的花

     2011年12月1日